井荻居酒屋

孔明珠　著

广西师范大学出版社
· 桂林 ·

知道饿，就没有迷失自己

周云蓬

有的书好看，有的书好听，而《井荻居酒屋》却是一本好吃的书。

这是一家位于东京的居酒屋，好比多年前北京的老茶馆，市井百态世态炎凉，各色人等在此，你方唱罢我登场，来的客人是演员，又是观众。

每位主角，每个故事，最终化身为一份美味佳肴。妈妈桑幸子连带着小火慢炖的关东煮，首先登场。风风火火的台湾新嫁娘秀丽，与之匹配的是油汪汪的炸鸡块。17岁的女生阿由美，当仁不让是高热量、香喷喷的青春炸奶酪。这些痴男怨女，灯红酒绿中，难以自持，化身为一盘盘大菜小菜，酸甜苦辣盛满盆盆罐罐，大呼小叫着，快来吃我，我很好吃的。

直到酒阑人散，关门打烊，每个人在晨曦里显出原形，戴上面具，上班的上班，上学的上学，并非神仙也不是魔鬼，只不过是一群正常人，西装革履，循规蹈矩，正襟危坐，在生活的笼子里。

仍然是一个有温度的居酒屋。每当黄昏将近，井荻居酒屋的木移门"哗啦啦"推开，那些食客们在各自固定的时间点进来。有些有瓜葛，有些没关系，熟悉得好像是家人。虽然冲不破各自的迷局，在注定的人生轨道上越行越远，却在那一刻是热腾腾的，无论多悲凉，都能随着美食的温度暖起来。又随着时光的流逝，像普鲁斯特的玛德莱娜小点心，因一道熟悉菜色的瞬间触动，往事汹涌，成为作者孔明珠笔下活色生香的人生故事。

我亲爱的读者，你喜欢哪一道菜呢？在这本小书里，一个人一道菜，怎样选材，如何烹饪，后面都写得清清楚楚的。你可以坐在厨房里读这些故事，然后，按照书里的菜谱，一展厨艺。最好是，故事读完了，菜也上桌了，一边大快朵颐，一边回味刚才的好情节。身心皆大欢喜。尤其那些面对伟大自惭形秽，仰视神圣而食欲不振的读者，可以放下身段，试着翻一翻这本书，读着读着，你就饿了，肚子咕咕叫，口水潺潺流，那恭喜你，读出了这本书的好处。

知道饿，就还没有迷失自己。生活依然有盼头。

于大理

目录

当黄昏将近，井荻居酒屋的木移门"哗啦啦"推开……

妈妈桑幸子

　　井荻居酒屋在东京地铁西武新宿线上一个叫井荻的小站边。20世纪80年代末90年代初，日本经济飞速发展到顶峰后，一个倒栽葱从云端掉下来。盛极一时的泡沫经济破产了，股票一泻千里，房价一落千丈，汽车电器滞销，商场里顾客稀稀拉拉，热衷于跟着举小旗子的导游飞来飞去国外度假的妇女们推推托托没有时间了……

　　可井荻居酒屋的木移门每到黄昏将尽，还是被"哗啦啦"地推开，妈妈桑幸子不免得意，说，哪怕天摇地动，人总是要吃饭的。她为年轻时选择了做餐饮这个行业而感到庆幸。

　　幸子的背上长有一颗黄豆般大小的黑痣，按相书上说，

1

那是一颗财运痣。再看她的右手掌，最高那根财运线深深地在通往指缝的道上骤然停住，再也不肯挪前一毫，而那五根手指合拢之后迎着光看，指缝严闭透不出一丝光亮。在"啧啧"惊叹之余，我又一个个查看她手指尖的螺回纹，竟然十个手指一个样，个个都是螺。

没有话说了，幸子如今拥有的一切都是她命中注定的。

幸子身高大约一米五，瘦削的葫芦脸，双腿略呈内八字形，那是日本妇女穿和服的最佳腿形，因为穿上紧裹着屁股和大腿的和服，两腿迈不开步子，非得像时装模特儿那样走一字步而且脚略微向内侧才能稳住，否则就有跌倒的可能。幸子很瘦，但能一个人抬起一箱二十大瓶啤酒，她口、手、脚的协调堪称一绝，往往是嘴里招呼着客人，两眼在店堂嘈杂声中梭巡，而脚步能像箭一般射向需要她赶去的地方。

刚开始，我很不喜欢幸子，她总是用那锐利的双眼监视我的一举一动。尤其是当我对老板大冈先生露出一点儿笑脸的时候，她的脸马上抽筋，随即做出不友好的举动。

我注意到隔壁几家店的老板娘来与我们老板讲话时，只要幸子在，她们总是不开玩笑马上就走的，想必早就领教过老板娘的厉害。很明显，幸子珍惜这个家庭，珍惜如今拥有的一切，她要捍卫它。

幸子出生在九州的海边渔村里，8岁那年，外出打仗的父亲就死了，母亲带着她与妹妹艰难度日。见幸子一副小可怜的样儿，亲戚、邻居常常摸着她的头塞些零钱给她。所以幸子说，她的财运就是从那时候开始的，她这个小孩总是很有钱，不愁没有零食吃。15岁那年，有胆略的妈妈带着一双女儿离开渔村来到东京谋生。

幸子自己经营饭馆是在生下了女儿美子后的第二年。丈夫有一手烧菜的技术，而她则有灵活的头脑，他们开了一家大众食堂，随后改成了小小的居酒屋，后又换成稍微大一些的，到现在的井获居酒屋已经是第四家了。这家两层楼面的店铺是靠银行贷款4 000万日元盘下的，在井获这个小地方算是最大的一家日本料理店。

听到有人夸她"妈妈桑，你的脑袋真像电子计算机"

这句话，幸子最得意了。凡是有关钱的事，不管是现金、支票还是信用卡、账单，老板大冈一律见了头发晕，他只会站在柜台里面剖鱼做菜，就像是幸子的伙计一样。幸子掌管着家里的一切财政大权，就连买房子、买汽车、买卖股票这样的大事，也都是由幸子拍板定下来的。但是在人前，幸子对老板非常恭敬，开口闭口一律用敬语。日本人结婚以后，妻子要跟丈夫姓，于是幸子也姓大冈，对外称丈夫为"主人"。老板在店里叫幸子"喂"，她却口口声声唤他为"马斯特"（外来语 Master，老板）。店里有重要客人来了，幸子总要高声唤他道："马斯特，××光临了!"老板就走出厨房来鞠躬行礼打招呼。老板在店里像一般日本男人一样，对老婆常常爱理不理，维持着他作为井荻居酒屋主人的尊严。

幸子结婚以后，一直跟妈妈住在一起，她妈妈为她带孩子做饭洗衣服，并腌渍些黄瓜和大蒜头带到店里卖，那些渍物非常美味，很受欢迎。幸子回家可以不干家务，除了算账就是睡觉。她说对母亲是明付工资的，而且很不少，那样她便没有后顾之忧，一心一意管居酒屋的事，而她母亲拿到工资可以去交朋友、去旅游，她母亲也很乐意。

在经营居酒屋的很长一段时间里，他们一家三代一直是租的一层老式木结构公寓住，每月房租12万日元，在那里足足住了十二年才买下近郊的独幢别墅，日语叫"一户建て"。就在搬家的那一天，房东老爷爷送来一张支票作贺礼，幸子打开一看，竟有600万日元之多，说是受老房客关照那么久，返还50个月的房租以示感谢。幸子简直不能解释这种善举，只能归功于自己背上的财运痣了。幸子当即用这笔飞来的横财全款购回一辆深灰色的"尼桑"轿车给丈夫，尽管老板只是每天上菜市场要用车，然而丈夫的体面就是幸子的幸福。偶尔星期天老板会驾着这辆略带鱼腥味的轿车载老婆女儿去吃一顿朝鲜烧烤，那会让幸子美滋滋地回味好几天。

金钱与幸子真的特别有缘。1988年左右，日本的股票一下子从顶峰暴跌下来，在这之前，幸子不知哪根神经感应到了，果断把手中股票全数抛出，足足赚了1 000万日元。在反应迟钝的人们跳脚之时，幸子早就在塞班岛海滩上晒太阳了。这是"运"呀，幸子说。

幸子有一个奇怪的习惯，她每天下午三四点钟来居酒屋上班，一直到12点钟下班，中间八九个小时不吃饭。有时候她明明说在外面忙，没吃过午饭，也不让老板做一碗什么吃。这可是你家自己的店呀。我只见过几次，她有点馋关东煮那种典型的日本家常煮物，老板刚做完她会去舀半碗来吃。

幸子爱吃甜食，尤其是巧克力、奶油蛋糕、冰激凌，常常就靠这些零食度日。奇怪的是，这些高热量食物她怎么吃也不胖，始终保持瘦小的体形。店里的老客人常常带些甜食来送她，幸子来者不拒，可是结账时却从不含糊，他们得到的只是幸子为他们斟斟酒，陪着说些话。店里空闲的时候，幸子会坐在他们旁边一起干一杯。幸子酒量很好，斟酒勤快，只要她在客人身旁坐下，一瓶啤酒一会儿就光了。然后，幸子赤红着脸放肆大笑，与客人开起庸俗下流的玩笑来，这时候，她好像一点儿也不顾忌老板的存在。大冈老板最识大体了，看见幸子在"斩"客他心领神会。客人对老板说，要带幸子回家。老板说："请、请、请！"客人说："你与幸子离婚吧，我要娶她做老婆。"老板说："好、好、好！"

有一个建筑公司的秃头老板是早稻田大学毕业的，经常去美国谈生意。据说他没有后代，钱却多得数不清，幸子对他特别殷勤，因为他手下的建筑工人们经常来店里喝酒，都是记在他的账上，凡有工作饭局、迎新送旧会，全是由井获居酒屋包办的。这种宴会人均标准高、赚头大，而且秃头老板从来不付现金，每个月只要幸子把账单开过去，马上就能兑现。所以那老头对待幸子最放肆了，他会一面在大庭广众对幸子动手动脚，一面与老板称朋道友的。老板不管这些，他只管以最快的速度将最贵的菜送上秃头面前的餐桌，脸上保持着微笑。刚开始我真为老板感到窝囊，一个堂堂男人竟让人当面污辱自己妻子而无动于衷，这种钱要它干什么！要是换了我们中国男人，早就把秃头老板几拳打趴在地上了。日本男人以专制、蛮横著称，怎么在金钱面前变得像缩头龟？在日本待久了我才知道，这种情况在日本是很多的，尤其在夫妇合作经营的酒吧，丈夫听凭妻子在店里用色相勾引男人，以酒水来"斩"客，他们称这个是工作需要。

前面说过了幸子的眼神很锐利，一天店里空闲，她向我传授经验，夸自己说，根据十几年工作经验，只要客人在门口一出现，她马上就可以识别出这个人有没有钱、会不会消费。有钱的人不等于会消费的人，往往有钱人是最小气最挑剔的，而破衣烂衫的可能会是来花掉半个月工资的客人。井荻居酒屋在井荻车站附近，过客很多。生客一到，我就根据老板娘的眼色行事，该殷勤该冷淡往往八九不离十。比较起来，幸子喜欢工人而不喜欢职员。工人们虽然举止粗野但往往大杯喝酒，一续再续，大量点菜，一会儿光盘，结账时会打着饱嗝一挥手，找头不要了；而职员尽管穿着西装系着领带，点菜却斟酌再三，喝酒呢适可而止，几个人一群人聚餐，算账必然"劈硬柴"AA制，连五十日币的角子也要找开来分摊，最没有风度。

有常客，一个店就能维持。有个老工人每天下班后来喝酒，口中啰里啰唆地讲些话给幸子听，幸子看似很认真地听着，问寒问暖的样子。我说这人的外乡口音真难听懂，幸子说她也不知道他在说什么，是敷衍他的，就凭他天天来这一点，也要去听他说的。还有一个送报的老头也是天天来，每天讲些同样的话，自得其乐地哈哈笑着。这人至今独身，娶老婆的钱都拿来送幸子了。幸子对常客比较客气，偶尔送些小礼品，客人假如一时手头紧，欠着也没关系，账台墙上贴着一张赊账单，细细碎碎记着呢。过年时，幸子发善心，会邀请单身汉去她家一起吃年夜饭。

日本有一个规矩，到了新年，各公司、商店都要送些礼物到协作单位拜年，以求下一年更好合作。幸子也不例外，她穿上高级套装，戴上最值钱的钻戒和项链，到各个银行去拜年。给要害部门的女职员送支唇膏，男职员送根领带。又到经常来店的大客户那儿坐坐谈谈，希望公司的新年会、忘年会、送别会等在本店举办。至于税务局那儿更是要烧香了，据说前年查出店里偷漏税，被罚走

100万日元! 幸子对税务局的人恨得要死, 尽管这样, 税务局老爷来了, 幸子照样笑脸相迎百般殷勤。幸子脸上笑起来很好看很诚恳, 可收起来比谁都快, 客人如果猛一回头, 准会看见截然不同的两张脸。

井荻居酒屋经营得这么有条有理, 银行的信贷员们说: "太太真了不起。"他们主动提供贷款, 幸子先后买下了三幢新建的多层公寓供出租, 委托不动产商代理。那样, 幸子坐着一动不动就可以每月一手从不动产中介公司那儿收到房租, 一手把分期欠款付给上门来收钱的银行职员, 这中间, 幸子奇妙地每月可结余几十万现金。幸子说: "不可思议呀! 有一幢公寓在千叶县, 我只是从图纸上看到过, 根本不认识其中几十个房客, 而另一幢公寓我先期只付了70万, 经过几年的资金流动, 还有两三年, 等陆续还清了银行贷款, 这三幢公寓就永久地、真正地属于我了!"这样奇幻的事情, 在1991年, 对于我这个从中国大陆出去、手头从来没有超过500元人民币存款的女人来说, 能听懂、复述出来, 不容易了。

"你如今已拥有这么多财产，如果井荻居酒屋不开或者委托别人经营不好吗？你可以不要这么累。"我问幸子。幸子惊奇地看着我说："什么？让我坐吃利息？在你们中国或许行得通，可是在日本，你拥有1亿日元一会儿就可以花光的，这是一个高消费的社会。而且让我不干活我是要生病的，一年中除了夏休一星期和新年休息一星期之外，我天天出勤。我每次在家休息就要生病，只要井荻居酒屋的霓虹灯一闪亮起来，病就自然地痊愈了，我的心里也就踏实起来。"呵呵，45岁的幸子真像是穿上了"红舞鞋"。

幸子每天关店前，会在居酒屋角落那台台式电子计算机上结账，她大大咧咧，最后一个和数总是打在屏幕上忘记消去。我一看数字就知道今天资本家又剥削了我们多少剩余价值，而他们自己又大把大把地把钞票捞进口袋了。幸子说，只要有一段时间不花费，钱就多得生出烦恼，于是就想到海外旅游消费。她一年至少两次出国旅游，到过夏威夷、塞班、新加坡等地。

关东煮

关东煮属于家常煮物，也就是日本人家庭餐桌上常常出现的菜。日本料理分扬物——煎炸类菜肴；蒸物——蒸出来的菜肴；烧物——烧烤类菜肴；渍物——酱菜类；炒物——炒菜类；煮物，便是煮菜类。煮物在日本料理中是很重要的一个类型，鸡、鱼、肉都可以入菜，素菜类的，豆制品、菌菇、笋用得很普遍。

过去年代的日本人吃得简单，经济尚未振兴，物质也不丰富，也许还因为居室局促、厨房小，难以做烟熏火燎的料理。他们的家常菜多由清淡而富营养的煮物组成，再加上一点腌渍菜、一碗酱汤，就解决了。

刚到日本的时候，我是很抗拒煮物的，这种无油、寡淡、水煮煮的东西怎能和中国料理那旺火油烹的炒菜比啊。可日本煮物就是那样奇怪，它神奇地具有一种其他菜肴取代不了的品质，会慢慢地渗透到日常生活中。在日本待了两年，我渐渐喜欢上了这种乡气的煮物，其中妈妈桑幸子最爱的关东煮成为我首先学会并一直保留至今的拿手菜。

在井荻居酒屋，所有厨房的事都由老板钦定，从买菜进货到制定菜单、掌勺，他家的菜式与一般老式居酒屋差别不大，遵循旧式日本菜风味几十年不变，醇厚低调略显古板。大冈老板做每一道菜时严谨、较真，菜肴中传递出善良本分的食品味道，很像我小时候在外婆家吃到的家乡菜，带着从祖辈那里传承过来的隽永，只要曾经吃过，也许就永世难忘，多少年之后，如果你和那样的味道再次相逢，会产生一种冲动，让你瞬间泪流满面。

关东煮日文是"おでん"。主要材料有长萝卜、鱼肉制品（烧竹轮、油炸鱼肉饼等）、海带、魔芋、豆制品等。做关东煮，汤水最重要，日本超市有现成的液体浓缩调料卖，日文是"つゆ"，我们老板不喜欢用现成的调料做底汤，就像中国高级餐厅牛逼的厨师必须自己用老母鸡吊高汤。日本料理的煮物底汤是海洋风味，老板一次会煮很多。深锅中放大半锅清水，现刨很多柴鱼片进去，又放海带等一起熬煮，煮完加些酱油、味淋等调味，然后过滤成清汤状，凑近闻一下，有特别清爽、隽永的风味。

有一次回国前与日本朋友同去超市购物，他强烈推荐我带一大盒"つゆ"回上海，我怕行李太重，他坚决地说，日本料理的美味秘诀全部在里面，你想要做出正宗的日本料理，没有这个绝对不行。超市里的"つゆ"有很多品种，他帮我拿了一盒说，这就是他们家常用的牌子。我在上海收到过日本女友送给我的和风出汁包，袋装粉末状，像茶叶包一样分量很轻，使用时只要放在清水中煮两分钟，取出即成一锅美味的清汤。如果这些都没有，我也有办法做关东煮——用泡软的干贝和海带煮汤，放些干贝素调味，也是八九不离十的和风底汤。

关东煮如今是一点儿也不稀奇了，二十多年前罗森超市进驻中国后，店堂里那一锅永远滚烫的关东煮是很多中小学生下课后的点心，起先小朋友喜欢挑肉吃，后来萝卜块竟供不应求。萝卜是无味的根茎类蔬菜，按袁枚"无味者使之入"的说法，煮到透明的萝卜因浸透了鲜汤，才会胜似肉。萝卜好吃是预处理得讲究，大冈老板每天下午2点刚过就来店里做准备工作，我看他捏着长条萝卜就像捏着一条女人的臂膀那么小心，先切片，必须有厚度，转一圈削萝卜片，要狠心将厚皮都去除，然后每片萝卜的边角都要修成钝圆形。我很奇怪干吗那么麻烦，老板解释说，炖萝卜时，一锅萝卜在汤中挤来挤去，如果都有棱有角毛毛糙糙，对方很容易破相，而圆钝角的萝卜自己会顺着汤滚擦肩而过，和睦相处，出来的成品就漂亮了。接着萝卜汆水，一滚之后倒去开水，清水冲洗去除萝卜生腥气。大冈老板一辈子将料理当事业，他的那些经验与诀窍琢磨一下还真有些哲理在里面。

　　在读日料大师小山裕久的《日本料理神髓》一书，他说，日本料理烤、蒸、炸、炖诸方法中"只有炖煮既是加热的方法，同时也是调味的方法"。他讲解道，炖煮过程中你得思考煮软、煮入味以及如何不破坏食材的形状等问题，意思是有很多事可干。对此我很有同感，厨房中炖煮的过程每每让我很享受。干净的厨房，暖暖的香味，一会儿过来掀开盖子看看，加点什么，尝尝味道，一会儿又去看看，调整一下，直到炖出适合自己的口味为止。大师还讲到一个温度的问题，要让食物变得软嫩，除了火候以外，还要注意温差，比如不能骤然将刚刚氽过滚水的芋头投入冰冷的汤中，必须是相同温度。此言点醒了我，再做关东煮时，就会效法大师对待料理的温柔，站在萝卜的立场考虑它的纤维会不会因温度落差受刺激而变得僵硬。

关东煮汤色清黄，味道醇厚，做好盛在比较保暖的厚瓷碗或木碗中，汤水多一点儿，双手合掌说一声"我开动咯"趁热吃，蘸点儿黄色的芥末酱，那一块块喜爱的食料卷着日本海的风味，在舌尖上跳舞。东京中野区那曾经居住过的矮房，门前的小河，绿色的栏杆，樱花、柿子树仿佛出现在我眼前了。

作家村上春树是关西人，喜欢吃煮物，爱吃关西煮。关东煮与关西煮最大的区别是底汤，关东煮是清汤，关西煮却是浑浊的酱色汤。其次是内容，关东煮鱼糕用得比较多。村上说自己最恨吃烧竹轮那样筒状的鱼肉制品，静冈特产虾芋以及白色的鱼肉山芋丸子是他的最爱。我呢，最爱吃关东煮里的萝卜，爱吃鱼糕，还爱吃魔芋。

邓丽君的日语歌好听，她不无惆怅地唱道："人生啊各种各样，男人啊各种各样。"人的口味也是各种各样的呢，爱吃煮物的，爱吃关东煮、关西煮的人，最终都会走到一起吧。

【菜谱】

材料（3人份）：

长白萝卜　1根
剥壳煮鸡蛋　3只
油炸鱼肉饼　2只
烧竹轮　5支
海带结　5只
魔芋结　5只
底汤用浓缩出汁2大勺稀释，也可用和风出汁料包，或者干贝、虾干、酱油、砂糖、酒和干贝素自制，加酒、味淋、盐等调味

做法：

长萝卜横切成2～3厘米厚的圆块，用小刀一个个去皮，把棱角削圆后，放入水中煮一开，倒掉水，用冷水冲洗去味。

用个较深的锅，清水加高汤煮开，放入萝卜、海带结、魔芋结，中火煮15分钟后，依次放入一切二的油炸鱼肉饼、切成尖角的烧竹轮、剥壳煮鸡蛋，让它们都浸入汤中，沸腾后改微小火焐炖1个小时。

关键点：

1. 萝卜要先出水一次，冲去萝卜味，以便吸取鲜汤的味道。

2. 慢慢煮，让味道渗透很重要。材料要一层层地加，不要一下子全部放入。

台湾新嫁娘秀丽

　　我是在去井荻居酒屋见工的路上，第一次见到秀丽的。她高颧骨，深眼窝，弓眉、眼线都画成浓黑，与厚厚的鲜红嘴唇一起形成典型的南方风格。秀丽骑在自行车上，车兜里载着一头小小的西施犬，狗梳着朝天辫，打着与秀丽身上的花布连衣裙一样花色的蝴蝶结。

　　秀丽扬手向到地铁站来接我去居酒屋见工的小刘打招呼："嘿！是你的老婆吗？"说的是台湾腔的中文。我当时人非常紧张，心里一直在背那句"初次见面，请多多关照"的寒暄日语，突然听到日本有人说中文，一惊。小刘答道："不是，不是，是朋友的妹妹，刚从大陆来，到店里去打工的。"秀丽说："好好干！晚上我来看你们。拜拜！"她风一

21

般骑走了，披肩长发和花布裙被风吹得鼓起来。

当晚，秀丽真的挽着一个日本男人的臂弯来井荻居酒屋了。她熟门熟路地坐上柜台前的高脚椅，把乌黑的长头发撩到椅背外，活动活动脖子转向我问："习惯吗？"大约见我有点儿束手无措，指着日本男人介绍道："这是我老公。你猜我多大年纪，他多大年纪？"我看看她丈夫，50岁左右的样子，而秀丽年纪很轻，约莫二十，我很为难，不知该怎么回答。秀丽爽朗一笑："告诉你，我今年24岁；老公50岁啦。我和他、他儿子女儿一起拍的照片，人家看了说我老公有两个女儿一个儿子呢。"我见她那么直爽，立马八卦心泛起，问她："那你怎么会嫁给他？""我们是自由恋爱的啦！我们在台湾认识的，然后他追我呀，国际电话每天三通啦，只有三个月，我就嫁过来啦，我到日本才一个月。"秀丽叽叽呱呱与我说中文，她老公伊藤先生一脸的疑惑，有点儿不高兴了。秀丽忙夹起一筷子菜塞在他嘴里，发嗲地靠在他肩上，用日语向他解释什么。秀丽的日语发音好奇怪，可是她说得挺流利，就是语感不对，让人觉得刺耳得很。伊藤先生笑了，回过头来对着我说："我会一句中国话，今晚做爱好不好？"说完与秀丽相视哈哈大笑。

　　秀丽这对老夫少妻每星期六来店里喝酒吃饭。秀丽喝日本清酒，几杯下肚，就要找人干杯。因为她总是坐在柜台前的高脚椅上，所以总是找上柜台内的老板大冈。老板本不喝清酒，但秀丽这样年轻貌美的女人敬他酒，他怎么能拒绝呢？秀丽一边干一边与老板高声谈笑，不时侧过脸朝老公发发嗲，夹一筷子菜喂到他嘴里，伊藤先生望着年轻的妻子幸福地笑着。这时我环顾四周，店堂里的嘈杂声显然比平时轻了许多，客人的视线从各自座位射向秀丽，看她放肆的举止，听她刺耳的日语。有几个端庄的中年妇女轻轻地摇头窃窃私语，姑娘捂着嘴交换兴奋的眼神，男人则睁开蒙眬的醉眼，直直地扫射秀丽高耸的胸脯和被牛仔裤绷紧的臀部。秀丽仿佛知道她身后的一切，高昂着头，依旧旁若无人地喝酒，操着奇怪的日语或中文与我们闲聊。

　　待到酒足饭饱，秀丽站起身来，摸摸吃饱的腹部，对我说："还习惯吗？有困难来找我好啦，我们都是同胞嘛。"

伊藤先生为妻子披上大衣挂上围巾，向四周鞠躬道谢。秀丽一踏出店门便"啦啦啦——"地放声歌唱起来，她挥舞小拎包朝前跑起来，伊藤先生便跟在后面追，嬉笑声打破了夜的寂静，传得很远……

自秀丽住进我们这个街区后，人们对于中国女人有了新的认识和了解，关于她的八卦不绝如缕。据妈妈桑幸子说，秀丽是台湾南部农村人，家里很穷。她18岁只身去台北，在一个晚上营业的俱乐部工作。也许是台湾日据时代强制的日化教育所致，她家乡人都会说一点日语，秀丽不知怎么跟一个在台湾工作的日本人好上了。那日本人是一家大公司的高级职员，在日本有妻子儿女，所以结婚不谈，只是为她买了一套房子同居。既然结婚不结，秀丽就又外出恋爱，伊藤先生是在出差去台湾的时候结识秀丽的，被她迷得不能自拔，以至于很快带回日本做了妻子。说起来伊藤先生也是单身，几年前就与妻子离了婚，与一儿一女同住在一套公寓里。据说这婚事女儿反对儿子弃权，他租了一间房子让女儿搬出去，现在新婚夫妇与儿子住在一起。

又听说伊藤先生离婚后曾与五六个本地女人交往过，然而最终选定与他相差一半年龄的外国人秀丽，这不能不使街坊们感叹"色"如洪水，真真为伊藤先生的健康操碎了心。

那天是圣诞节前两夜，商店街的节日气氛也有了，秀丽提着盒蛋糕来用餐，说是先生的公司订了几十只蛋糕，向各个协作单位贺新年。恰巧那天是大冈老板生日，他不说谁也不知道，妈妈桑一点儿也没为他过生日的打算，是老板自己看到秀丽拿来的蛋糕后脱口而出的，秀丽一听说高兴得拍起手来。秀丽夫妇差不多吃喝完毕已近深夜，营业即将结束，她站起来动手打开蛋糕，点起蜡烛，率先拍手唱起生日歌来。其实大家都已听说老板生日了，可是没人有所表示，连老板娘也装糊涂，要是秀丽不来，老板的寂寞生日也就结束了。我们服务员正围在一起低头吃着晚饭，只听到秀丽一个人唱生日歌，唱完了她对老板高声说："祝你生日快乐！"居酒屋内没有人附和，秀丽瞪大眼睛，仿佛想不通众人的冷漠，随即懊丧地一屁股跌坐回高脚椅，谁料恰巧一只手伸入刚端上桌来的滚烫的茶渍饭中。她惊叫一声，"叭嗒"，汤啊、饭粒啊、碎碗片啊，洒了一地，秀丽的一条腿也全烫湿了。我急忙过去收拾，拿干毛巾给她擦。尚余几位日本客人在旁冷眼看她，只有老板一个人在嘿嘿傻笑。

于是静下来，妈妈桑张罗大家分蛋糕吃。不料，秀丽又一跃而起，抓起块蛋糕直冲老板，用手指捞起一撮奶油就朝他脸上抹。我们都惊呆了，老板不知所措连连后退，秀丽边抹边用台湾腔日语说："这样子是吉利的，台湾人过生日开派对时，整只蛋糕一下子糊到寿星脸上也有呢。"伊藤先生连忙帮着翻译，串联成较正规的句子，老板表情稍微松弛下来，高兴与尴尬参半，连声说："谢谢，谢谢！"秀丽显然是喝多了，她余兴未消东张西望还想疯，伊藤先生明显感觉到气氛不对，连忙叫结账，又向老板娘连声道歉，多留下 1 000 日元作清洁费。秀丽被老公推着背走出居酒屋后，老板娘阴阳怪气地说："中国女人蛮有趣的哈。"

秀丽老公伊藤先生是买卖汽车的公司老板，每天早上送走上班去的先生，秀丽得打发漫长的一天。她学花道，会用康乃馨插出两头小狗，装在花篮里带给我看；她学过打高尔夫球，经常穿看上去很高级的运动 T 恤；她带小狗去理发、打针、散步，最多的是在家里为它梳小辫儿，系各种颜色的蝴蝶结。有时候，她到伊藤先生公司附近的派金宫去等老公下班。赌场里电子音乐此起彼伏，小钢珠落盘"哗啦啦"嘈杂悦耳，秀丽坐在机器前操纵开关，时间过得飞快。偶尔秀丽战绩很好，伊藤先生下班去找她，也玩上了瘾，直待到派金宫关门，两个人才按着饿瘪的肚子来店里犒劳自己。赢了的话，秀丽会眉飞色舞，伸出四只手指夸张道："有 4 万呢！"秀丽喝多了会转头对我说："我好空哦！每天打扫房间做一顿晚饭，然后就等他回家。我们约定每星期外餐两次的，那就连饭也不用做。我在家到处放电视机，厨房里、厕所里都有，我就这样学日语的，所以我光会说不会写，也不懂什么语法。"

"那你这样生活，圈子太窄了吧。"我望着秀丽头顶高高绾起的发髻和精心化妆过的脸蛋想，为了今晚来居酒屋用餐，秀丽一定从下午起就坐在梳妆台前了。

"对了，听说你们老板娘参加的游泳训练班很有意思的。"我马上请老板娘幸子过来。秀丽拉着她的手，求她介绍参加游泳班。幸子说，不用介绍，我们每星期五游一次，你想参加交钱去就是了。

星期五下午，幸子一来到店里就告诉我，今天台湾姑娘去游泳了。"她真丰满啊！"幸子感叹地说，眼光里露出妒忌的神色。因为游泳班里清一色日本中年妇女，为了锻炼身体也为了化解寂寞才报名参加了这种俱乐部，而且她们都穿着式样保守的深色泳衣，秀丽的出现无疑带去了冲击。她的健康和年轻，她的无所顾忌的性格……我想象着她在更衣室当众快捷地脱光衣服，哼着歌儿换上色彩鲜艳的三点式泳衣，又一跃跳入碧波的情景。果然，幸子憋不住又说："秀丽这人真可笑，我们大家都按着教练的口令'一、二、一、二'地做动作，只有她不管不顾，来了就'哗'地扑入水中，'叭哒叭哒'地甩手甩脚往前游，那个水花呀，溅得别人一头一脸的，真讨厌！谁也不想跟在她后面呢。"我忍不住笑起来。

"谁知道她游的叫什么式样！我们都学了半年多了，只教了一种抬头换气的蛙泳，秀丽游的那种式样真是放肆。"

幸子不屑一顾地接着说。我心中暗想，那不就是自由泳嘛，上海的小学生差不多都会游。

第二天晚上，秀丽照例又挽着伊藤先生来了。"嗨！妈妈桑，好有劲！昨天我游得小腿都疼了。真谢谢你。我下星期还会去的。"

"你游得真好！"幸子不动声色奉承她道。"真的？我好久没游了耶，以后你们有什么活动记得招呼我参加呀。"秀丽很兴奋。"那你下星期游泳班结束后，跟我们一起去吃牛排吧。"幸子不知道是不是被她的纯真感动了，邀请道。

转眼又是星期五，幸子因为游泳照例晚到一些。她一进门就告诉我："不好啦不好啦，秀丽发火了呢。"什么？我想这人真是不知分寸，刚让你挤进日本妇女圈子，你发什么火呀。幸子说，她们一群七八个女人照例是游完泳到附近一家西餐馆吃牛排，说是补充热量，今天秀丽也一起去了。这西餐馆环境优雅，大家都很喜欢，古典音乐轻轻流淌。每人一客牛排都静静地在吃，只有秀丽边吃边高声地谈着台湾啊老公啊等琐事。你要知道，日本人在外人面前是很忌讳谈家事的，女伴们很吃惊，却又很想听秀丽谈，所以有一搭没一搭地提些问题问她。秀丽很愿意回答，说是每月丈夫给她50万日元开销，一星期外餐两次，等等。"哦！你丈夫工资很高啊，如今汽车司机的日子真好过啊。"一个女伴赞叹道。

"什么？"秀丽双眉倒竖起来，她一拍桌子指着那人说，"谁说我丈夫是汽车司机？真是混蛋！我丈夫是社长！是做汽车买卖的会社社长！他十五年前就开会社了，真是小看人！你是从哪里听说我丈夫是汽车司机的？"秀丽咄咄逼人的气势吓得那女伴话都说不出来，大家瞠目结舌，幸子也吓坏了，因为第一个认识秀丽的是她。她忙辩白道："我没有说过，我没有说过这种话。"想必那女伴是听说秀丽丈夫干的汽车方面的工作，又看秀丽也不像什么大家闺秀，想当然了，幸子分析道，却又禁不住"吃吃"地笑，眼里闪烁着幸灾乐祸的满足。

那个星期六秀丽没有来我们店。过了一个星期，秀丽带来一沓照片："上星期六我25岁生日，老公为我在赤阪有名的西餐馆请了客。"我接过照片，知道她并没有记恨。照片上秀丽头戴一顶红色法兰西毡帽，眼睛处有黑色网罩垂挂下来的那种，穿一套同样红色的短裙套装，手捧一大抱鲜花。她摆着模特儿一般的动作站在华丽的厅堂前，有一张飞吻动作像极了美国超级明星麦当娜。我和幸子连声称赞她漂亮，旁桌一位老工人侧过头来看见了照片，却指着我系围裙着白色 T 恤的装束，粗声粗气地说："还是你比她漂亮呢。哼！"秀丽闻声不自在地皱皱眉头，她提高声音说，星期天要去自己的别墅住两天，开那辆新的尼桑轿车去。

趁空，幸子把我拖到厨房那角落，悄悄对我说："秀丽的老公自己在东京租公寓住，只有一大一小两间，还是与前妻的儿子住一起，他会在郊区有别墅？不会是父母的老家吧？我看她是吹牛。她在游泳馆还说自己在台湾有一套公寓。你想，她现在 25 岁，在台湾干的什么工作买得起房子？"幸子见我一脸迷惑，启发我："你看她的照片，漂亮固然是漂亮，可是那姿势那眼神与我们日本女人完全不同，说难听一点儿就是不庄重不正经的女人。"幸子压低声音接着八卦秀丽居然大方给她们看台湾公寓内部的照片。"她真是年轻不懂事，她不知道房间里那张床的式样就是我们说的做那种生意的呀！"

其时我的日语还很差，妈妈桑说的故事我一半靠自己平时对秀丽的观察，一半靠猜，听懂妈妈桑说秀丽是做那种生意的女人时，我吓坏了，忙说："不要乱猜，不要乱猜。"幸子附我耳朵旁："游泳班大家在议论，前个星期她穷凶极恶地辩解丈夫不是出租车司机，有人去调查了，原来是一家很小的会社，只是一间办公室一块黑板一只电话机的那种，社长手下没职员，就他儿子在帮忙。"

说实话，在东京，这种迷你私人公司多如牛毛，可正因为秀丽拼命地要抬高她丈夫，结果适得其反，引起那么多日本妇女的反感，我真为她感到难受。我记得秀丽有一次对我说，她来日本是放弃了在台湾电台工作那么优越的条件，她的朋友们都为她可惜，可是"我为了爱情"，秀丽强调说，"我不是为了钱！我在台湾的生活很好，每月工资相当于日本的20万日元。我知道日本人对我年轻轻的嫁给伊藤先生有看法，我也解释不清，我只有做给他们看了。"
确实，按妈妈桑经常从街上带回的议论，群众都在打赌说
秀丽只要一搭上更有钱的男人，一定会把伊藤先生甩了的。

我每天去井荻居酒屋打工，时常在街上遇见秀丽，会
站定聊几句。她白天不化妆，穿宽松的衣裤遛狗，有时在
花店里挑花，有时在帮店主换水、扎花。秀丽总是一个人，
昂首挺胸的气场有点儿生人莫近感。

一年过去，又到了岁末年初的日子，这种时候井荻居
酒屋生意最好的是各公司来订"忘年会"，所谓的"忘年
会"意在让同仁们通过在一起喝酒、联欢，洗刷过去一年
的辛劳，忘记 365 天中曾经有过的烦恼。忘年会安排在地
下室榻榻米大厅里举行，十几、二三十位男女聚在一起唱
歌、喝酒、互相勉励、互相敬酒，拜托来年多多关照。日
本人外表看不出，其实很会玩，可以说没有哪一个是不会
唱歌的，连走路都已经摇摇摆摆的糟老头子，一拿起话筒
唱歌，画风突变，我只能说一个字，就是"服"！

那天，幸子她们游泳班二十几个妇女也借了我店地下

室开忘年会。我摆了两长溜矮桌，大家跪坐在榻榻米上，桌子上放满了生鱼片、炸鸡、烤鱼、大虾和鲜红的蟹，砂锅里山珍海味"噗噗"地沸滚着。

妇女们几杯酒下肚，气氛便活跃起来。卡拉OK机打开，音乐奏起来，一个人唱着，大家和着旋律拍手，听到强劲的节奏，便有两三个人站起来扭迪斯科。一个头上戴顶奇怪的帽子、穿拖地长裙、又矮又瘦的干瘪老太婆像只活起来的古董木偶，举起手自由舞，舞到酣处，"啪"地一个亮相动作，逗得大伙儿趴在地上笑。这时候，秀丽驾到。她一进屋立即进入角色，"腾"地一下将瘦老太婆拦腰公主抱，举起来疯狂转圈，转得老太婆哇哇大叫。秀丽哈哈大笑着将她放下，端起一杯威士忌仰脖子就喝。大家鼓起掌来，秀丽就又喝，连干三杯，大家夸她好酒量。秀丽发言了："你们都是我的前辈，认识你们我很高兴，今后希望你们多多关照。"

一个喝醉的女人张开双臂叫道："啊！秀丽，我爱你！"秀丽就与她搂在一起跳起贴面舞，醉女人陶醉地用手抚摸秀丽的后背并向下滑去，秀丽也不在乎。一会儿，秀丽放下醉女人，拿起话筒唱一首忧伤的情歌，歌唱得很专业的样子，她微合眼帘似乎沉浸在哀怨之中，一时间大家都安静下来。有几个开始时很活跃的中年妇女看到秀丽要出风头的样子，互相使着眼色，先后起身离座，有的上厕所，有的先告辞。忘年会气氛瞬间变得怪怪的。主持会议的干事有点儿急了，想挽回僵局，就叫大家吃呀吃呀。秀丽她浑然不觉气氛变化，兴奋地去调一杯杯加冰块的威士忌酒，挨个端上桌请各位前辈喝，她自己也不断在喝酒。

终于，秀丽再也站不稳了，她发疯似的唱着舞着，与另外几个醉醺醺的女人拥抱。一个酒吧老板娘高叫："秀丽，今天想男人了吧？"秀丽舞到她面前，"叭嗒"跌跪下来，问："你说什么？"那老板娘见她已醉成这样，就打趣道："秀丽，你老男人行不行啊？要不要请人帮帮忙啊？"秀丽听得清楚，大怒道："八格牙鲁！"

周围的人都哗笑起来，秀丽更被激怒，"八格牙鲁！八格牙鲁！"骂个不停，但是颈部却已支撑不住沉重的头颅，"咚咚"地直往地上撞。干事扶起她说："秀丽，你喝醉了。""没有、没有！八格牙鲁！"秀丽骂不绝口。那老板娘阴阳怪气地说："这么漂亮的姑娘，怎么可以骂脏话呢？你听见过日本女人这样骂人吗？""对！我是中国人。对！我不是日本人。对……"秀丽被一群日本女人围着，她在骂，她们在笑。

我站在远处望着秀丽，心里阵阵发痛，我很想跑过去，把秀丽从她们的包围中夺出来，但是我不敢。与秀丽比，我的身份更加低微，我只是一个临时工，只要老板娘不开心，立刻就能把我打发走的。秀丽看上去没读过多少书，她仗着年轻嫁到日本来，也许真的是因为爱情。她在日本很孤单，渴望进入当地社交圈，想让人们接纳她，成为大家的朋友。她想依靠老公当上理想中的贵妇，伊藤秀丽一定已将自己视为二分之一的日本人，她要长期在日本生活下去，她想被日本人同化。

忘年会过后两天，我送我丈夫去车站，回店里时在街上碰到秀丽。这天是阴天，秀丽的心情显然阴郁着，她陪我走了一段路，突然停下来说："我觉得我的一生好像就要这么完了，我只有25岁。我的心里很寂寞，我丈夫是日本人，有很多事情不能对他讲，讲了他也不能理解我，他总说我的思考方式是中国式的。""你去找份工作做吧。"我说。"不可能的，他是社长，工作很忙又有一定社会地位，我的任务就是每天安排好家务等他回家，我去工作他要被人家笑话死的，我不能逼他。"

秀丽凄然道："我想起台湾的父母、妹妹们，想起台湾要好的朋友，我就要哭。他去上班了，我就伏在地毯上看照片，哭好久。再有几天我乡下的妹妹要订婚了，我要回去一次，带钱给我的妹妹和父母。我老公说，过一个星期就来台湾接我。""那你就高兴一点儿吧，马上就可以回去一次了。"我劝解秀丽，秀丽叹口气点点头。

"刚才是你老公吗？"秀丽想起来问我，"好帅啊！"她又问，"你很幸福吧？""哪里，他一个穷留学生，与你先生是不能比的哦。"我开玩笑地说。"我们在日本不会住久的，等他读完书拿到学位我们就回去，现在国内建设形势很好的。"我又说。"是吗？"秀丽似乎不太相信，转而同情地拍拍我的肩说："好好努力干，多挣些钱，有困难来找我啦，我们都是中国人。"

伊藤秀丽是我在日本居住期间遇到的唯一一位台湾人，离开日本前我好像拿过她名片的，没有想到保存是觉得自己是她的局外人，永远不会再联系了吧。可是当我相隔二十多年回到东京，寻找到已搬离原址的井荻居酒屋，坐下来与老板娘幸子聊天时，秀丽的面庞浮现在我眼前。我问幸子，秀丽呢，她也要近50岁了哦。幸子耸肩做了一个惊吓的表情，偷偷指给我看坐在老板料理台外面高脚椅上喝酒的老男人背影："离婚了！就是他，伊藤先生，秀丽离开他了，可怜的人哪！"

虽然是意料之中早晚会发生的事，我还是倒抽一口冷气，估摸动静太大，伊藤先生脑袋转向我们这里。是他，已是满头飞霜奔八十的老爷爷，还坐老位子呢。他醉眼蒙眬，分毫没认出我是谁。大冈老板照例一边干活一边与柜台前的客人搭讪，料想他再怎么嘴笨也不会对伊藤提秀丽了，可是没有秀丽，大伙儿多寂寞啊。

炸鸡块

炸鸡块的日文是"鳥から揚げ"。我年轻的时候喜欢吃油炸的食物，在井荻居酒屋打工的那些日子里，最爱吃的老板做的几道菜中就有炸鸡块。没有想到，隔了二十多年当我变成欧巴桑来到大冈老板面前时，他还记得我这个一点儿不上台面的偏好。

2019 年 5 月，我和老公去东京开启了一趟怀旧之旅，终于找到已经迁走近十年、关闭又重开的井荻居酒屋。推开木移门前，我心里很慌，把老公推在前面，妈妈桑见了他理所当然没有认出来，以为是一个路人。而我却视线越过眼前的妈妈桑，往店里面靠着柜台站着的那个女人走过去，以为她才是妈妈桑幸子。

在餐桌前安顿下来，老公远远朝老板打招呼，让他随便上菜。老板上的第一道菜是刺身盛，显然是因为久别重逢，生鱼片分量足。接着第二道是我念念不忘、一提起就流口水的牛杂烩，第三道便是炸鸡块了。要知道，炸鸡块与炸鸡块是不同的，说我们老板做的炸鸡块是我吃过的炸鸡块中最好吃的，一点儿也不为过。

首先老板不用鸡胸肉，而是用鸡腿肉做炸鸡块。每天新鲜鸡腿到货，他自己拆骨头切块，去鸡皮和筋筋拉拉。然后腌制，具体放什么我不太清楚，生抽、味淋肯定放，用手按摩一会儿。客人点单以后，他热了油锅，才一块一块用粉包裹鸡块，放入油锅炸。他用的不止一种粉，依我看是生粉与小麦粉混合，因为光是生粉容易炸脆但是面衣太薄，而光是小麦粉很容易回潮，热鸡块上桌马上吃还行，搁一会儿就容易软塌下来。另外我注意到老板有一个动作，每块鸡都要在手心里使劲捏几下入锅。炸鸡块要好吃，得复炸一回，很多人都知道吧。总之，老板的炸鸡块咬开是有淡色酱油汁水的，鸡肉很鲜，带一点点甜味。鸡块外脆里嫩，偶然咬到鸡皮，那个香真是幸福死人了，就好像小时候吃到猪油渣。

鸡腿肉结实细嫩，与肉质木乎乎、淡寡寡的鸡胸肉口感差很多，只是在美国不知为什么鸡胸肉比鸡腿肉贵那么多，简直匪夷所思。一个肌肉男听到我吐槽，翻我白眼说，你以为我们不懂鸡腿肉好吃我们是傻子吗。原来鸡胸肉蛋白质多脂肪少，美国大量健身人士非鸡胸肉不吃，这才导致价格杠杆原理产生作用。

炸鸡块端上桌，盘子边必定配一两块柠檬，吃前先往鸡块上挤柠檬汁是大多数人的选择。日剧《四重奏》中四个演奏员同居一个屋檐下，自己做饭吃，炸鸡块上桌后，某人直接把柠檬汁挤在整盘肉上，其中高桥一生饰演的中提琴手就不高兴了，质问对方为什么问也不问就这样做，两个人爆发了激烈的争吵，还将问题无限升级。这个桥段主要是表现中提琴手别扭、小心眼、爱挑毛病的个性，但我看到这里却频频点头，因为我和他一样，最讨厌炸鸡块沾柠檬汁，就像吃汤面往里面加点儿醋一样，简直不能容忍。

再次吃到炸鸡块时，我突然就想起了井荻居酒屋常客——台湾新娘伊藤秀丽，她每次到居酒屋必点这道炸鸡块。老公不吃那玩意儿，她就一个人吃，像一个少女，嚼得满嘴漏油，偶尔地，扭身硬塞一块到老公嘴巴里，"嘎嘎嘎"疯笑。这一晃，二十多年过去了。

【菜谱】

材料：

手枪鸡腿　2 只
面粉　3 勺
生粉　1 勺
盐、生抽、料酒、白砂糖、生姜末、蒜末　适量
干贝素、白胡椒粉　少许
柠檬块　2 块

做法：

鸡腿去骨去筋后切块，用生姜末、蒜末、盐、生抽、料酒、白砂糖、干贝素、白胡椒粉等腌制 1 个小时。

腌制后的鸡肉块放入生粉和面粉混合的粉中滚一下，在手掌心中转动捏紧，直至鸡肉上都沾满了粉。

热锅中油温达 160 ～ 170 ℃时，轻轻放入鸡块，中火炸 8 分钟左右，听见有"壳落壳落"声音后捞起。稍等 3 分钟，将油温升高到 180 ℃，鸡块倒入复炸 2 分钟至鸡块表皮酥脆。

关键点:

炸鸡块前期腌制很重要,肉厚的地方要用刀划几刀,也可用叉子在鸡肉上戳洞,使之迅速腌制入味。

酒井和里香

酒井是东京三菱车队的出租车司机，连轴干两个夜班便可以休一天。酒井一下夜班就跑去棒球俱乐部打棒球，然后赤红着脸来井获居酒屋。常常是，傍晚5点钟居酒屋还没开始营业，他就"抱歉抱歉"一路抱拳一路走进来，高头大马，步伐矫健，丝毫没有两夜未眠的迹象。

走近一看，酒井的脑袋上尖下方，短下巴，门牙缺了一只，张嘴一笑竟有三分天真相。他利索坐下，先"啪"地在矮桌上拍出张千元小费给老板娘，然后吩咐老板备酒备菜，紧接着撸起袖管，颇有大干一场的气势。由于缺了一只门牙，酒井讲起话来"嗤嗤"地漏风，几杯酒下肚后，他说的话便只能让人意会而不能言传了。

远远见他笑嘻嘻说了一句什么，老板娘幸子笑了，说："我打电话去催催她吧。"电话打完十分钟左右，木滑门响了，一个长发姑娘蹬着高跟鞋探头进来，她雪白的肌肤伟大的胸脯面带三分羞涩。我为了鼓励她，大声说："欢迎您光临。"她朝我莞尔一笑，一低头一路小跑至酒井的身旁。酒井腾出座位，昂头咧开缺牙的嘴笑道："嗬嗬嗬，里香，洗澡洗那么久啊。"说着，伸出手去撩里香还未干的湿发，侧过脸向我和幸子挤眉弄眼。

　　里香是酒井的女儿吗？他们两人都长着高颧骨挺鼻梁，相像的。酒井四十多岁精力充沛，眼神里却没有一丝儿为人之父的稳重，而里香的脸虽然很嫩且光滑，身子却肥肥硕硕如妇人一般，令人猜不透她的年龄。我疑惑地问老板娘。

　　幸子伸出两只指头，悄悄地对我说："差这么多，同居的。"我说："两岁啊？"幸子"啪"地拍我一下头，骂道："八格！"

　　里香跪坐在榻榻米上，慢慢地啜啤酒，酒井大杯喝乌龙茶烧酒。居酒屋客人少，酒井手舞足蹈越过里香的头顶与老板娘聊天，里香低着头糯糯地笑，一言不发。6点50分一到，里香就放下筷子穿鞋，鞠躬道谢一个人先走了。

幸子说，里香在附近一个叫阿波罗的酒吧当陪酒女，她是一年多前从新潟山区到东京来谋生的。刚说着酒井与里香的八卦，"阿波罗"妈妈桑到了，"唉……"地一进门便叹苦经道，最近酒吧的生意越来越差，一天的营业额发工资还不够，陪酒小姐都辞职另攀高就了，只剩下自己和里香留守。

"那怎么行，里香不说话哎！"幸子惊叫起来。

"可不就是嘛！客人来酒吧玩，只我一个人去搭话，说得口干舌燥也脱不了身，碰到客人点下酒菜，我得去烧，只好让里香一个人顶在那里。我远远瞅着，你猜怎么？愣不开口呢！不过也有人喜欢她这样子，问她一句，'唔'一答，怪可爱的，真含蓄。""阿波罗"妈妈桑撇撇嘴。

"7点钟刚开门没有客人来，现在9点正是时候啊。"幸子奇怪她怎么会这个时候来吃饭。

"别提了，老是我们两个人坐着干等。里香一句话也不说，就是翻来覆去看她的手指甲，我实在闷死了。"胖胖的理着男孩子一样短头发的妈妈桑快60岁了，穿一件闪闪发光的紧身衣，外面罩着宽松长西服，很不甘寂寞的样子。

"嘻……"幸子指着那边还坐着喝酒的酒井，压低声音问妈妈桑，"哎，那两个人在一起怎么过日子啊?"

"这一对是互补型的嘛。你看，酒井这么爱说话，碰到打岔的姑娘烦不烦?里香呢，糯米团性格，笑笑地听他说。他们同居以前，酒井每天来'阿波罗'找里香，是我的大客户，可惜现在不用来了。"妈妈桑眼神暗淡下来，很惋惜地说。

"自然的嘛，酒井见别的男人对里香献殷勤保不定拔出拳头来呢。"幸子吓势势地说。

"既然酒井与里香同居了，早晚要娶她的，里香就不要去工作了，酒井当出租车司机工资那么高，养她好了。"我插嘴建议道。

幸子和"阿波罗"妈妈桑都笑了，她们耐心地对我说:

"日本呀，爱人是爱人，妻子是妻子，懂么？"

酒井不是单身吗，四十多岁了还等什么呢？我看看酒井，他正与旁桌的酒友聊上了，兴致勃勃地扯下脚上的袜子，把裤脚管撸得老高。咦！我突然发觉酒井左手食指少半截，搔他的板寸头时，挺奇怪的。早就听说日本有"亚枯杂"（即流氓），他们的特征之一就是断指，那么，酒井会不会是一个现役的或者是退役的"亚枯杂"呢？

果不其然，幸子说，酒井年轻时轧上坏道，混迹江湖，因犯了帮派的规矩被迫剁下自己一节手指以观后效。后来他离开帮派组织，收了道当上出租车司机，却再也抹不去年轻时的荒唐印记。

我思忖道，一个退役的"亚枯杂"能找到里香这样年轻温柔的女人已经够好了，他为什么还不结婚呢？

"酒井说他不适合成家，可是里香提出来要结婚，她不想再当陪酒女了。最近酒井正在为这事烦恼，他未来的丈母娘要到东京来看他了。"幸子告诉我。

酒井似乎在很痛快地喝酒，一会儿，他举手召唤幸子，说是要预订一桌明天的位置招待里香她妈。他用手掩住漏风牙齿"吃吃"地讪笑说:"她妈妈年龄与我一样大,算了,我娶了她妈吧,反正她妈也单吊着。"

幸子骂道:"死不正经的,说这种话,也不怕伤里香的心,人家可是一门心思跟了你的。"

酒井一拍大腿说:"我就是怕这个嘛,但愿她妈妈明天看不中我,不同意这门亲事。上帝保佑,上帝保佑。"他做作地双掌合一,上下摇动。

第二天,也是5点钟光景,酒井领着里香和她妈妈来了。酒井出人意料地穿一套西服,系着条领带,脸上缺氧一样憋得很不自在。幸子见客人到,大声对酒井说:"酒井先生啊,好久不见了咧。"

酒井倏地一惊,朝脚下看看自己是否搞错地方,我在旁"嗤"的一声笑出来。幸子用胳膊肘戳我一下,仍然镇静地说:"酒井先生工作很忙吧?今天与里香小姐的母亲、里香小姐光临本店真是难得的荣幸哎!"酒井这才明白过来幸子的用意,立即绅士一样谦虚地说:"哪儿的话,请多多关照。"

里香的母亲看上去四十多，戴着一副金丝边眼镜，端庄斯文，倒像是里香的姐姐。里香坐在妈妈身旁垂着头，长发披下来遮住了半边脸颊，像个被人拐骗又回到家属身旁的迷途羔羊。酒井则犹如被一只铁筒套住一样，挺直着腰动弹不得，他眉毛一动一动想说些什么话，竟然发不出声音。里香母亲仿佛浑然不觉，微笑着有节制地吃喝。酒井举杯、撮筷、下咽，每个动作都像牵线木偶在台上。

在令人窒息的客套中，终于，里香的母亲开口道："酒井先生，以前里香承蒙您的关照，多谢了。我家里香还年轻，不懂事，以后还望您多多关照。"

酒井见有人说话，活动了一下头颈，自然地做出一个怪脸，浑身松动了些许。他又有点儿忘乎所以了，忍不住朝我们这儿眨眨眼睛、皱皱眉头、吐吐舌头，我和幸子都不理会他，怕他又要耍"人来疯"，坏了大事。

说实话，倒真不是为了帮他树立光辉形象，而是里香姑娘目前的状况太敏感。她似乎是一件待售的精细商品，被捏在一个顾客手上揉搓，你搓过了揉过了不买怎么行，你难道想抽身说没有带钱吗？你既然没有带钱你搓它揉它干什么？如果你没有碰过它，说不定它还能卖个好价钱。

因为里香的妈妈要乘夜车赶回新潟，酒井熬了一个小时便被大赦。他送走母女俩，急急地又回到座位上，扯下领带，揭下西装，"吁"地呼出一口长气。他问幸子道："你看怎么样？"

幸子偏头想了下，说："里香的妈妈像个小学教师，蛮正派的，会不会把她女儿带回去？自己女儿跟一个大20岁的男人同居，她的面子怎么下得来？"

酒井一听急了，说："那不行，我们日子过得好好的。里香也不会同意回去，她的脾气犟着呢，到东京才一年多，刚刚适应东京生活，叫她再回到山里去过寂寞无聊的生活，她怎么肯呢？"

"那你与她结婚呀。不明不白地跟你，算什么嘛！人家姑娘总想生孩子做太太的。"幸子一边忙着收拾杯盘，一边说。

"结了婚没有自由的，钱都要交给老婆，我想去大久保找个金发女人玩玩怎么申请开销呢？现在这样很好啊，生活费房租我多出些，她少出些，大家都工作，不过多地干涉私生活，她也有她的自由，多好！"酒井不以为然地说。

"唉……"幸子摇摇头，对我说，"日本的这种男人你拿他怎么办？自由自由，都没有责任心的，嫁给他也是自己苦，里香不嫁也罢了。不过话说回来，里香在酒吧当陪酒女，能找到什么样的好男人？碰到酒井这样真正的单身汉还真不容易呢。"

正是梅雨季节，淫雨丝丝地飘个不停，井荻居酒屋的大红灯笼和青白横幅被潮气染得灰头土脸。客人还是一拨一拨地进来喝酒，闷闷地无望地咒骂这倒霉的季节。酒井也来打卡，靠墙盘腿坐在榻榻米上，点了一份味噌炖牛杂烩。这是他最爱吃的煮物，小小一碗，里面有很多肥肠和牛筋，炖得喷香酥烂，是大冈老板的拿手菜。酒井慢慢吃着，出奇地安静，竟让人忘记了他的存在。

"妈妈……"酒井见幸子八着脚穿行在店堂中，忙得没有停下来的迹象，终于忍不住有气无力地喊她。

"怎么了，这个样子！"幸子关切地跑过来。老板娘每天可不仅仅在居酒屋卖酒卖菜，倾听顾客烦恼、为他们排解也是她经营得好这家店的手段之一。

"完了啦，她妈妈同意我们了！我怎么办呢，好日子没有了，里香天天逼我……"酒井告诉幸子，里香的母亲犟不过女儿的牛脾气，虽然那天来看酒井并不顺眼，可最后还是答应了女儿的请求，只是责令酒井必须明媒正娶。酒井拔着自己的头发，生无可恋的样子。

幸子看他那样，也想不出法子来拯救他。开了几十年居酒屋，见过多少人间悲剧与喜剧，这满满一屋子喝酒的客人，有哪一个没有烦恼，有哪一个不需要幸子去安慰呢？居酒屋开着就是让这些人进来，用酒精来消解各自的烦恼。幸子嘴巴里"啧啧啧"地心疼酒井，手里"砰"地打开一瓶沙打水，为酒井做了一杯加烧酒的"沙瓦"，哄他说："喝吧、喝吧、喝吧。"

里香不跟酒井来喝酒了，她默默地、固执地在争取自己的权利，至于将来是幸福还是不幸福，她不管，她只管现在，押下了自己要赌一把。20世纪90年代初，在东京还有不少当陪酒女的中国姑娘也正在进行着这样的搏斗，有欺骗客人说自己未婚的，有想要不花钱找到假结婚对象的，她们聪明漂亮适应能力强，可她们不是日本人，语言上当然比不了里香，更没有亲妈在身边，那样的较量，难度可想而知。

味噌炖牛杂烩

日文"もつ煮"翻译成中文是炖杂烩。"もつ"指牲畜内脏,"もつ煮"属于日本菜中很重要的煮物类。井荻居酒屋的"もつ煮"用味噌炖,是大冈老板常年当家菜,方圆几里都有客人为此物慕名而来。在中国,要做好一道菜,原材料与烹调的重要性比,食料占百分之六十的话,在日本,食料重要性可能占百分之八十甚至百分之百。

大冈老板从业三四十年,采购生鲜食材从来亲力亲为。居酒屋开六天休一天,他晚上不回郊区的别墅,居酒屋关门后,就近去租来的小公寓睡,第二天一早驾车去市场买菜。大冈买菜有几个固定的点,哪里拿鱼哪里选菜他心里一本账煞清。像做炖杂烩要选肉壁厚厚的牛肠,换了猪肠壁薄膘肥,味道差很多,牛筋也是,得挑粗壮又能煮软的。炖杂烩主料就这两样,其他配料如黑芝麻色的魔芋块、胡萝卜、洋葱等。老板用味噌是白一半红一半掺和在一起调的,就像中国料理里红烧的菜,不是光用深色的老抽酱油,常常要兑上点儿生抽提鲜味，也是增加食物味道的层次感。

　　炖杂烩比较家常、乡土，类似农家菜。对于我们外国人来说，日本菜就是日本料理，可是日本人却分辨得更清楚一点儿，他们觉得日本料理是专指高级餐厅的料理，而家庭料理就是随便吃吃，为填肚子下饭的菜式。日本料理大师小山裕久曾应邀在《朝日新闻》上开专栏写家庭料理，他报了个"日本料理"的专栏名，编辑连忙说不行，读者会以为你要讲餐厅料理，后来只能改成"做一顿日本料理的晚饭"。小山先生对此成见摇头，他觉得家庭料理也是日本料理，做好日本料理一点儿也不难，不必看得太高大上。

　　居酒屋料理也许就是夹在高级餐厅料理与家庭料理当中的一种料理形式，没有高级餐厅料理那么精致讲究，却比家庭料理做工复杂、美味。尤其是那些老街老店，大多数是做附近居民的生意，老板有好手艺，老板娘情商高，生意是错不了的，就像井荻居酒屋。日本国土狭窄如一条海带，居民住房一向比较紧凑，尤其在东京都内，他们在家不爱大动干戈烧菜，尤其是烧烤类的、油炸类的食物一定要出来吃，家附近价廉味美的居酒屋是很好的选择。与地铁下来那一路串烧店、拉面店、煎饼店等相比，到居酒屋坐下来点几个喜欢的菜，喝杯酒，与老板娘聊几句，算是一天的小确幸吧。

炖杂烩需要很长时间，特别是牛筋和牛肠不容易煮酥。老板有时隔天就做准备，下午开始炖煮，那些厚厚有弹性的牛肠与牛筋"突突"滚着，他不断地去翻搅，味噌酱香犹如一股日本乡村怀旧之风，盈盈地绕在屋里，使你想起《阿信》《远山》之类的日本影视剧。牛肠杂烩煮了一大锅，老板好像有了保底货，笑眯眯的。我们的员工餐他从来不舍得给我们吃一碗新做好的牛肠煮，越是不让吃就越想吃，真把我馋坏了。每当客人点了这道菜，厨房会再把它热到滚烫，盛入碗中后撒几粒小葱。我端在手上，恨不得把鼻子尖贴上去吸一口香气才解气。

回到上海后，我在家也复制过味噌炖牛杂烩。上海牛筋有卖，可是找不到牛肠，我只好买了牛腩代替，其他材料都有，我还加了草菇，按大冈老板的步骤精心炖煮调味，结果味道八九不离十。冬天爆冷日，女儿下课回家，捧一碗滚烫的牛杂烩，吃到鼻尖通红，大呼过瘾。好的家庭料理，与居酒屋料理甚至高级餐厅日本料理的壁垒是可以打破的吧，不客观地说，记忆中的妈妈料理胜算可不小。小山先生在《日本料理神髓》中说："决定料理的滋味，当然基本功是非常重要的，捕捉时代的变化也有其必要性，然而追根究底，我想还是对人的体贴。"

【菜谱】

材料:

牛肠、牛筋

胡萝卜、魔芋、洋葱等

白味噌、红味噌、米酒或味淋、干贝素或煮物专用酱汁

做法:

牛筋需要四五个小时慢火焐透。牛肠焯水几次，彻底洗干净，煮到半酥。

牛筋、牛肠都切成拇指大小，魔芋不能用刀切，要用手揪摘成不规则的块块，那样才能入味。胡萝卜、洋葱切大丁。

将以上这些材料加入锅中一起煮，味噌用白味噌与红味噌按喜好配比，少许冷水调开，倒入。大火滚沸后改小火焖，放米酒、干贝素。一直煮到锅中蔬菜都熟软，牛筋、牛肠与之味道互相渗透。

17 岁的阿由美

我认识阿由美时她才15岁，还是个初中生，按她的年龄是不能在外面打工的，老板娘看在她父亲木村先生整天来消费的面子上，答应她来当"阿鲁巴多"（临时工），每次打工三四个小时，小姑娘既拿到零花钱又能饱餐一顿喜欢的料理。我那时刚到东京，日语不行心情也不好，是阿由美那天真无邪的样子治愈了我。她额头光洁，讲话时眉毛一跳一耸，大长腿，童花头，笑起来眼睛弯弯，嘴角两只酒窝像盛满了蜜。

阿由美打工好像是来玩儿的，每端上一盘菜，阿由美总要问一下厨房："这菜是几号桌的呀？"哪怕菜单是她一分钟前才交进去的。阿由美干这种没头脑的事从不遭人呵斥，大家都宠她。尤其是只要这天阿由美出勤，老板就待我们特别仁慈，员工晚餐可以点菜。阿由美她可不懂看人眼色，她乐滋滋地挑最好的菜点，她爱吃的常常是生鱼片啦，炸鸡块啦，蔬菜色拉啦，这让我们窃喜，都顺口说，跟她一样，跟她一样。

我喜欢阿由美，抢着帮她做事，她每周来店里两三次，我看也看不够似的盯住这张鲜艳的脸庞，一插空，就将平日积下不便问外人的愚蠢问题倾倒给她。阿由美有时笑弯了腰，拖长了声音说"孔桑呀……"，然后耐心地一个单词换一个单词地讲解给我听。我听懂以后把手指放在嘴唇中央作"嘘"状，她点点头，也学我的手势，我们一大一小两个人就这样要好起来。

我很奇怪阿由美的爸爸木村先生隔天就会来喝酒，而且5点钟开门就到，占个榻榻米角落位置可以喝到店打烊。老板娘幸子告诉我，木村是出租车司机。啊！他长得混血儿模样，自然鬈发，干净文雅，与一般日本体力劳动者很不一样，除了"摇八拉答"（酒醉）后口齿不清。老板娘说，木村是正经大学美术系毕业的，来东京混得不好，离了婚后日益沉溺于酒精不能自拔，除了开出租车还能干什么？开出租做 24 小时休 24 小时，他孤家寡人来居酒屋打发时间呗。

阿由美幼年起跟着妈妈住乡下，直到妈妈再嫁她才搬到东京读初中，跟着爸爸过。阿由美来店里打工时，我注意到木村神色不一样，有点儿喜滋滋，开出租早出晚归，他能见到女儿的时间并不多。阿由美的性格好，当我的日语会话水平被她调教到可以听懂故事后，我们俩常找借口躲去地下室，她在同伴们共同的"居酒屋日记"上涂涂画画，记录自己的日常，我问东问西掌握了她不少情报。

这个外表文静的姑娘有一段时间发疯一样迷上了一个叫 ZOO 的乐队，那班成员奇装异服，跳起舞来像煞动物园里的野兽。阿由美省下饭钱，买票去听现场，与一帮傻丫头一起流着泪高举双手喊破了嗓子。她还想报名去 ZOO 乐队办的舞蹈班习舞，学费要 6 万日元啊，可怎么开口问老爸要。她说已经设计好一个场面，就是回家低头伏在榻榻米上，久跪不起，口中喃喃："一定努力学习，一定加劲打工，请老爸开恩。"没想到木村果真经不住女儿的恳求，替她付了一期学费，乐得阿由美跳进颠出亢奋了好一阵子。阿由美与她崇拜的偶像谈过话、握过手、拍过照、共过舞后，"发烧"的日子总算过去了。

暑假来临，一晚阿由美突然顶着一头花生卷鬈发来上班，说花掉1万日元呢。阿由美羞羞答答地说："开学学校里不准烫发，现在假期里过过瘾。"日本人就是那脾气，大伙儿都觉着她烫发不好，但没有人会当面告诉她。我忍不住对她说，鬈发和你是不配的！阿由美眼睛朝天不信我的话，得空就去洗手间照镜子臭美。她说你懂吗？我考取了池袋最好的女子高中！你不用这样看不良少女一样看我。一个多月后，要开学了，阿由美变魔术一样恢复了直发，我这才知道还有一种将鬈发弄成直发的直板烫，可惜我为她足足担心了一个月。

那阵店里来了个大学生本桥，长得高大英俊，爱踢足球。阿由美的笑脸常常像向日葵一样转向他，一聊没个完。

一次，本桥君约了阿由美周末一起参加哥们的饮酒会，到星期一本桥君秘密地告诉我，阿由美那晚喝醉了，在街上狂奔。我很得意常常掌握姑娘小伙的秘密情报，因为他们以为告诉我秘密就等于将秘密藏进保险箱——我日语不好嚼不来舌头。不一会儿，阿由美掩着口不好意思地来上工，她一头躲进更衣室，在"居酒屋日记"上写下一段对本桥君道歉忏悔的话。我问她都做了什么呀？她说，豪饮呀，一杯接一杯喝日本米酒，然后抱住本桥君说喜欢他，接着在高田马场大街上狂奔。对于一个声誉很好的贵族女校高中生而言，行为如此不检点，不仅学校、家长不能容忍，就是她自己也觉得决不能宽恕。阿由美黑眸子里噙满了泪水，在日记本上恳求本桥君原谅她，保证以后决不再犯。

一次与阿由美聊到中国料理，她说自己从来没吃过中国菜，我趁机绘声绘色讲自己家里吃的是什么，这可把阿由美说急了，使劲说要到我家来吃饭。周末阿由美如约而来，我做了干煎带鱼、糖醋小排等上海菜，大约五六道菜，小姑娘埋着头吃了很多。阿由美没有多逗留，吃完就回家了。过了没几天她来上班，把我拉到僻静处，道谢了又道谢，说是没有想到中国料理这么好吃，吓到她了，那天来做客一定很失礼。又说，她把吃饭的事描绘给最好的朋友听，那位姑娘同样震惊，千拜托万拜托，一定让她今天把话带到我这里，下次请阿由美吃饭，千万要带她一起去，千万千万。

又过了几天，阿由美上班时带来一个扁扁的包袱，塞给我。老板娘在一边要求看看是什么东西，阿由美红着脸打开，原来是学校里上手工课，老师教女生手工缝浴衣，这个作业足足缝了两个学期。阿由美低头说，我缝得不大好，就是想送给孔桑留作纪念。老板娘连忙抢过去摊到榻榻米上，惊呼道："哇呀妈，好厉害哎，女孩子第一次亲手做的浴衣是要送给重要的人的，孔桑，阿由美把你当妈妈了！"这一下换我脸红了，我才35岁，当姐姐差不多。

阿由美急着解释，孔桑，这件不是正式的和服，它叫浴衣，是夏天穿的，全棉的。你看它很长，拖到地上，是因为腰部是要叠几叠扎起来的，可惜我没有腰带一起送给你。我连忙摇手说没关系没关系。

这件铃兰花浴衣底色是藏青，上面印了红白蓝的花色，沉稳素雅我很喜欢。回家后仔细看，手工还真不是简单的，针脚与我平时做的手工不大一样。日本布匹尺幅很窄，也正适应浴衣的需要，后背对拼，一道缝合并，一道缝是压线，阿由美缝得很仔细平展。浴衣的腋下是很宽的折，也是合拢与压线，但是正面看，针脚很仔细地隐藏起来。那必定是费了小姑娘好大的劲，看得出阿由美是第一次做针线，布面淡色的地方，偶有深色线脚冒出头，估计她是缝过去一段后才发现，后悔、跌脚却又不愿意拆掉重来，也许顽皮地轻轻说一声，嘛，算了啦。

浴衣的袖子、领子部分更难，先是缝后肩部与前胸的小半夹，夹里是白色棉纱布，这衬布上部缝入领子，侧部缝入肩袖，下部几点固定。缝缝道道掰开看，里外层针脚长短不一，疏密相间，藏青色线隐伏其中。花布还要考虑花式排列，日本人做事顶真，手工课老师一步步规定严格，不能偷工减料，哪怕表面根本看不出来。

抚摸这件藏青色铃兰花浴衣，我好像摸到了阿由美纤细小手的温度，想象她在教室里不声不响缝制时，有没有想着离开她好多年的母亲，手工课做完回家，母亲不在身边，撒娇、埋怨找不到对象，阿由美的父亲要不上班不在，即使在家也一定是醉醺醺的状态，这一想，我不禁有点儿泪眼蒙眬。

日本7月中旬到8月下旬有夏日祭，那是一个很隆重的庆祝活动，就像樱花季到来之前，日本人很早就开始筹备了。年轻人去参加夏日祭花火会，男生女生都穿浴衣，清凉随意又性感，在长长的坡道上走动，风景特别美。老板娘的女儿新介绍一位女同学来打零工，她的目的是快速攒到买一件浴衣的钱，她已经参加了地区社团舞蹈队，天天排练，要在夏日祭上跟在抬神轿的半裸男人后面，男人一路吼，女人一路跳盂兰盆舞。

在日本两年，那件浴衣我没机会穿。阿由美面临中考更忙，她想考东京池袋最好的女子高中，一放学就赶回家做作业，所幸她如愿考上了这所女高，再次来我家吃饭的愿望却一直没实现。在我离开日本前一天，阿由美骑车来我家，在家门口塞给我一个电吹风，她稚嫩的脸上神情焦急，说是怕赶不上见我。她解释说吹风机是她爸在百货商店买电器时附赠的礼品，没有好好包装，让我千万不要见怪。阿由美带给我一封信，信封上地址字迹端正，她吩咐我一定要回信，不要忘记日语，而她，准备读大学后修一门汉语，然后，到上海来看我，由我带着吃遍好吃的中国小吃。

炸奶酪

井荻居酒屋菜单上用片假名写着"チーズフライ"，中文翻译过来是炸奶酪，这是个讨小姑娘喜欢的菜（或者可称为点心），对于普通酒客来说，点击率并不高。

居酒屋贴隔壁是一家供应各种酒的专卖店，是井荻商店街上的老店，爷爷上唇中留着一簇仁丹胡子，每天穿着西装背心，系一根有玉佩的假领带，倒背着手店里店外巡视，基本上退居二线。酒店主要是儿子搬货，儿媳妇招呼客人兼结账。那家的孙子是个高考浪人，意思大概是考过几次仍在复读的学生。兴许是他不太争气，小他五六岁的妹妹就格外受宠，有时候老板娘会奖励她，送她一个人过来吃饭。

小姑娘来吃饭，大冈老板喜欢"嘿嘿嘿"地笑，总是又快又好地端上与她妈妈预先商定好的饭菜。老板在柜台里面看到小姑娘即将吃完，就会讨好地诱惑她点份炸奶酪吃吃。而那个胖姑娘脸上的表情总是立马又馋又羞，点头又摇头，挣扎一番，最后总是输给老板。

我这种三十多岁、结了婚有孩子的女人，按日本男人的想法是不会也不能想吃炸奶酪那样奢侈罪恶的菜的，而16岁妙龄少女阿由美可不同。不打工的时候，阿由美有时会随着爸爸来店里吃个饭然后回家做作业。阿由美来了，大冈老板也会诱惑她是不是再来个饭后小点，炸几块奶酪怎么样？

　　起初，炸奶酪对于不懂烹饪的我来说有点儿匪夷所思，奶酪这么容易融化的东西，怎么能下油锅呢。于是老板做时偷看过好几回，端的是料理技术活。大致是这样的：冷藏库中取出方块奶酪，切大约6块稍厚的块，先到面粉鸡蛋液里面拖一下，然后轻轻裹上面包糠，不要用手去碰，晃动盘子使奶酪块沾满碎屑。油温掌握是关键一步，油烧中热，改微温，将奶酪块放下去，"滋啦滋啦"小沸腾，待两面炸得微黄，立即捞起来，得马上吃，可蘸番茄沙司。

　　有一次一定是我偷看时脖子伸得太长，老板看出我的心思，招呼我进厨房尝了一块剩下的。炸奶酪外脆里细腻，烫中包裹一丝冰凉，凝脂在口中融化，溢出奇香，的确是至高享受。如今回忆起来，仍能两颊生津，微闭双眼醺醺然。

后来我看日本主妇写的料理书，她说闲得无事时，很想吃炸奶酪，但是怕胖不敢多吃奶酪这种高脂肪的食物。她想出来一个办法。在厚厚的白色鱼肉饼中间划一刀，像口袋似的，塞入切成小丁的奶酪，小麦粉封口。然后用炸奶酪同样的方法，浸蛋液、滚面包糠，下油锅炸到外脆里烫（因为奶酪外面有鱼饼的包裹，炸的时间需要比单纯奶酪稍长）。咬开鱼饼时，有一些奶酪缓缓流出来，像溏心蛋一样令人喜悦呢。我被她说得太动心了，去实践了一次，果然好吃，既满足了口福，内心又尚存安慰。聪明的女人，你就是拿她没办法是不是呀。

【菜谱】

材料（1人份）：

淡味奶酪　80 克
鸡蛋　1 只
中筋面粉　适量
水　适量
面包糠　40 克
色拉油　适量
番茄沙司　2 勺

做法：

奶酪切 4 厘米 ×4 厘米 ×1.5 厘米方形厚块，2 勺面粉与 1 个鸡蛋加一点水调匀。将奶酪块放入蛋液中，四周沾满。浅盘中铺面包糠，放上奶酪块，晃动盘子使奶酪块沾满面包糠。

用长筷子夹住奶酪块放入约 150 ℃的色拉油中煎炸，注意随时调节温度，炸到微黄即可捞起。

关键点：

注意油温，动作轻柔、迅速。

大学生高桥君

高桥君是井荻居酒屋老板的女儿美子的高中学长。

那一阵是年底，店里生意特别好，而原本在居酒屋打工的学生都忙着筹备过圣诞节，三天两头请假，有时假也不请就不上班，有时却三四个人一起来上班。人手少的时候，我和老板娘奔进奔出，人手多的时候，店堂里插蜡烛一般插满了端盘子的人。因为人多，大家觉得不好意思，就抢着做事，一个个站在客人后面盯着他的筷头，一盘菜刚端上去，恨不得他一分钟就吃光，可以撤下去洗，搞得来吃饭喝酒的客人如芒刺背。老板娘受不了这乱象，决定开除那几个调皮捣蛋鬼，招一个能坚持天天上班、勤劳体壮的"长工"。

那时恰逢高桥君闹穷。他刚开始学开车，准备 18 岁生日前考到驾照。学费是他向妈妈借的，一次性付了 20 万日元。高桥君没想到，驾校会经常想出花样来要钱，什么上路费、补练费、笔试费、实地考试费，可把个高桥君折磨得，每天早晨要在妈妈面前伸手而不敢抬头看妈妈的眼睛。

美子知道了哥们的窘迫，把高桥君推荐到店里来打工，讲明要坚持天天上班的，这正中了他的下怀。高桥君来了，果然壮壮实实，脚步声"咚咚"作响。他头发长得很茂盛，中分头路，两边披到眼角上，嘴唇很厚泛着油光，像是刚舔完盘子，不知怎么的就觉得他的脸像狗。我轻声把观感告诉美子，美子大笑，夸我厉害，殊不知高桥君在学校的绰号就叫"犬"!

高桥君摩拳擦掌准备大干一场，可是老板娘见他从没当过饭店招待，分配他去洗碗。高桥君瞧不起洗碗，不安心工作，老是从洗碗机前逃出来，站在店堂当路口，像铁塔一样碍手碍脚。由于他长得帅，店里两个尚未辞退的女学生工轮番与他攀谈，这一谈，把店堂里的流水线打乱了，厨房里出的菜找不到主人了，大家"哇哇"叫着乱成一团。高桥君木知木觉一点儿也不觉得是他的过错，他一边与女生搭腔，一边东张西望不知做什么好。忽然腰间的BB机响了，"电话呀！"他不知向谁招呼一声，飞过走道，到对面7-11超市门口的投币电话去复机，脏碗盘很快一叠叠地堆了起来。老板娘摇头说："真是不懂，这BB机在以前可是流氓地痞挂的呀，一个高中生，唉……"高桥君复机回来，皱紧眉头叹气："唉！朋友们在聚餐，就缺我。酒啊酒，好久没喝了呢，没有钱怎么也不行啊。"

高桥君刚从高中毕业，考进了拓殖大学经济系，一人升学全家光荣，亲戚们来贺喜，不免塞上几个红包奖励他，可是一转身，红包就到妈妈手中去了，算是他考驾照还妈妈的分期还款。

高桥家是典型的日本中产家庭，爸爸是三菱公司的部长，有相当高的工资收入，他妈妈是全职太太，共有三个儿子，高桥是老大，两个弟弟一个读初中一个读高中。如果这三个儿子都上大学，每年每人100万日元学费，再加上吃、穿、用，没有经济实力的家庭是万万承受不起的。高桥君的妈妈四十来岁，是日本大学家政系毕业的，和蔼的面貌下隐藏着精明干练，把家管理得井井有条，高桥君不怕爸爸就怕她。

高桥爸爸爱好打高尔夫球，星期天总是驾着一辆蓝色的运动车外出打球。那辆车一发动，车前两只照明灯会"嗖"的一下子跳出来，长长的车身，箭一般的速度，简直威风极了。高桥君一连几个月每天在爸爸妈妈面前当乖儿子，帮爸爸擦车，替妈妈买东西，然后迂回曲折地提起自己将满18岁了，某某同学已经得到了他爸爸的旧车，现在市面上最新型号的车性能、外观是如何如何地好，等等。他还把许多汽车广告画片搜集起来放到爸爸的桌上。终于有一天，爸爸看中了其中一辆车，说是该换新车了，妈妈也同意了，于是，高桥君得以去学驾驶，但是爸妈与他约定，学费必须在假期中自己去挣出来。

不管怎么说，高桥君有出头的日子了。拓殖大学的大学生，驾一辆八成新的蓝色运动车，可以去海滩兜风，去高山滑雪，还可以得到学校最漂亮女同学的青睐……高桥君昏了头了，他忘了那20万日元要他自己用双手去挣出来，每天晚上得上井荻居酒屋打工，必须禁止喝酒，紧缩抽烟，不能会朋友。

三四天下来，高桥君的BB机不大响了，他把BB机的鸣叫声改成了振动式。偶尔，高桥君身子骤地一抖，看一眼腰间显示的回电号码，也不着急复机，他想要博得美子妈妈的欢心了。高桥君白天上汽车学校学开车，晚上打工到11点钟，吃了饭回家就睡觉，就这样清心寡欲地干了几周。果然老板娘让他出来端盘子了，接着又让他摸收银台给客人结账了，再接着就加了他每小时100日元工资。高桥君得到了鼓励，兴奋得跑到屋外朝天大嚎，活像一头犬。

高桥君每天来上班，美子小姐也变得勤快起来，一周中至少要来店打两次工。美子解释说，冬天要到了，上山滑雪的钱还没攒够，得加把油。从眼神里看得出，美子对高桥君很有点儿意思，虽然美子性格豪爽奔放，他们俩聊的话题也不外乎学校、同学，可美子毕竟是姑娘，她这个年龄最渴望爱情。高桥君不知道，他像对哥们一样对美子，坐在她面前跷起光脚丫子搓搓挖挖的，说话中常常捶捶美子的肩，他说："美子是男生呀！"

美子的妈妈老板娘幸子本来对高桥君并不怎么有兴趣。有一天，两个老头来居酒屋喝酒，一个是我们店所在楼的房东，很有钱的不动产商，房东向老板娘介绍说，另一个老头也是做不动产生意的，拥有比他更多的高楼大厦和土地。这时，我看见高桥君躲在洗碗机后面很不自然，一会儿他憋不住，远远地指着那老头说，这是他爷爷。我们还当他在开玩笑，老板娘"唰"地精神一振："真的？千真万确？"高桥君不好意思地点点头。

"那可是大财主呀！"老板娘惊呼起来。"是的，他很有钱。"高桥君说。"你快去叫他声爷爷呀！"我听了很着急，不明白傻小子为什么要躲起来。爷爷的钱就是爸爸的钱，爸爸的钱不就是你的钱吗？你高桥君如今口袋空空如也，靠打工还债，放着这么有钱的爷爷不去巴结干什么啦。

谁知高桥君苦着脸说："我不去。"

"怎么？你父亲与爷爷闹翻了？""不是的。我们与爷爷分开住的，一年里难得见一两回面。我们家的房子是爷爷给的，除了这个，经济上不来往。我爸爸从来不向爷爷要钱，爷爷有钱是爷爷的，他的钱只有等他死了以后才会传给我爸爸。在这之前，他不会给我们钱，我也不能向他讨钱，爷爷很节约的。"高桥君解释给我听。我只得再指点说："你以后要多与爷爷联络感情，经常去看看他，打电话问问好什么的。你是长孙，爷爷怎么会不喜欢你呢？一高兴，钱不就给你了吗？"高桥君似懂非懂，点点头又摇摇头，直到他爷爷喝完酒离开居酒屋，他都没走近去打招呼。

从那以后，老板娘对高桥君的态度变得更好了，有什么好吃的，留着叫他吃，地下室有宴会的话，她安排美子和高桥君两个人下去当招待，看见美子与高桥君闲聊，她从来不打岔，只是抢着做事好让他们多谈谈。可是高桥君却依然如故，穷得叮当响。

转眼间高桥君考出了驾照，他爸爸购进一辆新车，旧车归他了。他常常驾着那辆蓝色运动车来上班，就停在街道的拐角处。每逢星期六下班，总有约好的同学等着一起去兜风，到海边去数一数星星，到迪士尼乐园去看一眼璀璨的灯光，拂晓前才归来。好浪漫呀！有一次，高桥君说带我去，我很想去，可我见周围人人摇头，说是乘他的车要倒霉的，这种年轻人刚学会开车，上了高速公路一码支到顶，不出事才怪呢。日本最常见的公路事故原因就是学生驾车。我听了汗毛都竖直了，想自己上有老下有小，又是外国人，生命保险也没去办过；要是保过险的，死了还能赔到一大笔钱，可以让丈夫不再苦读书，带着钱回国与女儿享福去，这还要看是不是高桥君违章犯规，要是他的错的话，我不是白死了吗？想到这儿，我连连摇手拒绝高桥君的邀请，高桥君也不见怪，"拜拜"一声，"吱"地开车走了。

好花不常开，好景不常在。不多久，高桥君又骑着破自行车来上班了，一副垂头丧气的样子。他在我们这些"阿鲁巴多"合写的"居酒屋日记"中大声呼吁："大伙儿，赞助些汽油钱吧！一千、两千都行，我可以捎你们去兜风。"大伙儿回答他："钱的没有，兜风的不要。"高桥君到处碰壁，只好坐在凳子上，双手作出驾驶状，嘴里"突突——吱吱——"发声，脑袋别来别去，好似在看挡风镜开车过瘾。"让车子歇歇吧，也好。"我安慰他，"等发了工资，你就有钱了。""我还欠我妈学车费，还想去滑雪，滑雪用具得十几万，这些钱怎么够用呢！"高桥君真是愁死了。

可高桥君不愧为好汉，他坚持天天来上班。从傍晚6点干到晚上11点，他每天能挣到4 500日元，还包括一顿晚餐。一天刚上班，我见他脸色不对，用手按着胃部，问他怎么了。他说没吃午饭，肚子饿。我很奇怪，他妈妈每天在家做饭的呀。高桥君哭丧着脸说："我没有汽油费，妈妈不给。她说就每天给1 000日元午饭钱，你在外吃就给，回家吃就不给。我只好要1 000日元，可以去买油开车。"

"那你饿了揭开饭锅盛饭就是了，总不见得让你饿死。"我很气愤做母亲的这般狠心。"不行啊，要么吃饭，要么拿钱，我妈说过的。"高桥君咬着牙，忍痛开啤酒瓶盖端给客人去，我望着他那发育成熟的魁伟背影，不由得母性升腾，泪水涌了出来。他6点来上班，要等到晚上11点结束才能和我们一起吃工作餐，还得饿5个小时。我说："你妈也太折磨你了，这么可爱的孩子也不心疼。""不怪她的，我已经长大了，他们给我车已经不错了，汽油费是该由我去挣，我要玩是我的事，不怪她。"高桥君稚气未脱地噘着厚嘴唇为他妈妈辩护。我跑到厨房，见大冈老板刚做完一大锅土豆炖肉，冒着热气好香。那是居酒屋销路很不错的一道菜，老板总是下午提前做好，客人点了菜，再由小厨师盛到小锅中加热，滚烫地送上客人的桌。我知道高桥君特别喜欢吃土豆炖肉，他那么饿，还要面子，何不由我来求老板开恩，盛一碗给他垫饥。大冈老板看我夸张地压住肚皮皱着脸，说高桥君已饿得不行，看样子熬不到晚上吃饭就会昏过去，一向在工作中板严肃脸的他"噗嗤"笑了出来，立即盛了一份土豆炖肉，让我去叫高桥君上来吃。高桥君听闻惊喜到眼珠都要落下来，他羞羞答答来到老板面前，弯腰恭恭敬敬双手接过那一大碗土豆炖肉，连声道谢，我赶紧别过脸不看他。就两三分钟工夫，一碗土豆炖肉下肚，高桥君瞬间复活了。

过几天发了工资，高桥君的经济齿轮又运转起来，随之传来他交了女朋友的消息。美子来打工，装作若无其事地向我打听。因为我天天与高桥君搭档工作，这段时间，他胸中溢满了幸福无处宣泄，又因为我是外国人，不会妒忌他的幸福，只要一空下来，高桥君就要向我汇报他的进展，想必我有语言障碍，也不会去嚼舌头。而我恰恰在日本待着，文化生活几乎没有，内心很寂寞，最爱听他们日本人谈家常，又为了训练讲话能力，不免滋长了爱嚼舌头的毛病。我告诉美子，那女孩瘦瘦的，长发披肩，小小的眼睛吊眉毛，面相不大好，可是高桥君说她是世上最可爱的女孩子，他们常常一起驾车去兜风的。美子"哦"了一声，说："原来是纪子呀，这人我们一起玩过的。"美子很有涵养，她仍然与高桥君说笑，求他晚上兜风也带上她。老板娘却有点儿沉不住气，她背着高桥君扁扁嘴说："这事儿长不了的。"

高桥君终日笑眯眯的，他终于筹足了买滑雪用具的钱，一口气买了滑雪板、滑雪棒、滑雪靴子、滑雪衣裤和色彩鲜艳的滑雪包，他要上山去滑雪了！尽管他还不会滑，他有了全套装备，他可以上山了。相对来说，美子是滑雪老手了，她从小就跟着爸爸去滑雪，如今已练得不错。这次她也参加高桥君他们一伙男生组织的滑雪小组。

这是日本滑雪季。高桥君与美子出去那几天正是天寒地冻，天又下着雨。他们这群小朋友一去四五天，连一点儿音讯也没有。老板娘"皇帝不急"，轻松地说女儿，这孩子，连个电话也不来，我这"太监"却急得不得了，看电视里每天播着某某滑雪场发生事故，多少人丧生多少人受重伤的报道，天天为他们担着心。

结果当然是白操了心，高桥君与美子一星期后安全回来了。两个人脸上除了戴挡雪眼镜的部分，都晒得黑黝黝。高桥君兴奋得不行，说滑雪是一生中的最高境界，美子便说，你小子的滑雪技术简直惨不忍睹啊！

高桥君便揭发说美子喝醉酒发酒疯，两个人闹得店里生气勃勃的。他们解开行李，拿出一包咸渍菜，是他们两个人合起来给大家带回的土产。那包咸菜只值 400 日元，我们忍不住都笑了。高桥君说，不要笑话我们啦，我们只剩下这些钱了。在山上，大家穷得挤住一间屋子，长途电话没钱打。天冷啊想喝酒，去买来最大瓶最廉价的清酒，没下酒菜，买来干的裙带菜，用水浸泡成一大脸盆，倒上酱油用手撕来吃。真太想吃肉了啊！高桥君咂巴着嘴，把鼻子伸进店里大盆大盆鱼肉里去嗅，口水都要掉进去了。

　　我捅捅高桥君，眨眨眼说："怎么样，与美子一起去滑雪，增进友谊没有？"高桥君大声说："没什么呀，美子是男生嘛，我说过的。"他急着去打电话给女朋友纪子报平安去了。

　　高桥君个子虽高，腿却不长，尤其那臀部向外突出并呈下垂状，真是煞风景。我指指他屁股开玩笑说："你这好大，男孩子这样太缺乏魅力了。"他认真地说："你不懂的，棒球运动员个个大屁股，我踢足球，当然也一样，我可都是腱子肉，你摸摸看。"我象征性地用手指戳了一下，果然生硬。可是老板娘硬要叫他与另一个比他矮的男孩子比腿长，一比果然短，老板娘幸灾乐祸地笑着叫大家看，以此来打击高桥君的自信心，妄想叫他回头是岸。

真是不幸啊，高桥君女朋友的事被老板娘言中了。那天爆出新闻，高桥君失恋了。听说纪子嫌高桥君天天打工，只有星期天才有空和她玩，太没劲了，就分手了。高桥君很伤心，却仍然天天上班，连星期天加班他也来，只是脸上的笑容僵硬了不少。我小心翼翼地与他相处，绝不提纪子一个字。美子来打工，好像更活泼了，她开始与高桥君策划到中国上海去旅游的事，他们说等攒够了钱，一起乘轮船去上海。我欢迎他们住我家，并许愿带他们游遍上海，吃遍上海的名菜点心。这两个大孩子兴奋雀跃不已，关照我绝对不能食言。

6月到了，我要回上海了。老板娘为我张罗了欢送会，把曾与我一起打过工的年轻人都叫来吃东西喝酒，还有商店街一些我熟悉的日本邻居，我们一直喝到深夜，最后一班地铁都开走了。那天我第一次听高桥君唱歌,在居酒屋地下室榻榻米上,我们围坐在一起,高桥君怕羞似的蹲下身子唱一首感伤的歌。唱完歌,高桥君从背后摸出一盒礼物来送我。打开看是一只可爱的闹钟,他怕我看不懂说明书,示范给我看怎么用,闹钟"铃……"地奏乐了,我的眼泪终于滑落,"嗒"的一声落在榻榻米上。直到今天,想起这个大男孩时,我还能听见。

土豆炖肉

土豆炖肉这种搭配显然在世界任何地方都是道家常菜。可是中国的土豆炖肉与我在井荻居酒屋吃到的土豆炖肉完全不是一回事。不知道别家怎么做，我在家做土豆烧肉一定是放酱油红烧的，如果用的是小土豆，那皮也不用削，半只或整只丢进猪肉块里面一起烧到猪肉块酥了，土豆皮皱了，收干肉汤之前放很多白糖，把这碗肉烧到油亮油亮，又甜又香，可以配一大碗白米饭。

可是井荻居酒屋老板大冈先生做的土豆炖肉竟然是白色带汤的，肉是我们涮火锅用的机器切割的五花肉薄片。日本土豆炖肉读"お肉じゃが"。这道菜老板做了几十年，只要居酒屋开着，每天新鲜做出来，随时供应。一开始我可一点儿没有看出这日式土豆炖肉有什么不凡之处，吃出它的好来是我在日本住了一年以后，乡土、朴素，所谓"妈妈的味道"指的就是这种感觉。

从日本回国二十几年，去吃过很多日本料理店，每一次都急着点刺身、烤肉、烤鱼吃，那些日本家常菜被忘在脑后，好像回家自己会做似的，其实真要做出正宗的日本味道，非得用上原产地食料与调味品，并不是一件容易的事。就这样，日式土豆炖肉的味道一直被我收藏在记忆中。

读日本专栏作家堀井宪一郎写的《深夜食堂 私享料理》，看到他说，在日本关东地区单说肉，就是指猪肉，而在关西说肉，必然指的是牛肉。比如在东京买"肉包子"，必然是猪肉包子，而大阪人一口咬下去吃到猪肉馅，不免就有上当的感觉，怎么不是牛肉包子！东京的"牛肉盖浇饭"在大阪就没有那个"牛"字，不用啰唆，全因为西日本是牛文化区，而东日本是猪文化区。轮到土豆炖肉，同样原则，东京用猪肉，大阪用牛肉。"お肉じゃが"翻译成中文时两边都不得罪：土豆炖肉！

东京井荻居酒屋大冈老板做土豆炖肉用的是半精半油的猪五花肉，下午三四点钟他开始准备工作。将土豆去皮，切成块后四周修成圆角，胡萝卜滚刀块后也修边，白洋葱按纹理切条。这些材料放入较深的锅中，用自制的出汁加清水炖。汤一滚，店里就充满了好闻的味道。这个菜不用起油锅，肉片最后放。因为客人还未进门，炖到估计八九成就熄火了。待客人点菜后，老板才用一个小锅盛出来一份，在煤气灶上热到火烫，带汤带水盛入碗中，迅速送到客人手里。

用眼睛欣赏、用舌头品尝是日本料理最基本的原则。一碗上好的土豆炖肉很漂亮，浅黄色是土豆，橘黄色是胡萝卜，白色洋葱沉浮其间，烫到变色的猪肉片略微扭曲卷起，半浸在清澄的汤中，两片切成尖角的青翠色荷兰豆交叉放在顶端。一品之下，土豆酥而不烂，肉片鲜嫩，汤清甜清甜，一大碗吃下去很管饱。

居酒屋一碗土豆炖肉的汤色几乎与精致的怀石料理吸物同样清澈到底，我是很佩服的。老板是怎么做到的？当年我在居酒屋打工还没有那么多烹调心得，现在回想起来，一个是土豆削完皮后，浸入清水中，使土豆中淀粉浆泡出来，不至使汤色混沌；胡萝卜事先焯过水，胡萝卜与红洋葱一样是会褪色的；最重要的是，自从锅子里汤滚之后，大冈先生一直站在旁边观察，不让汤过分沸腾，一有污物浮出汤面，他随时捞走，尤其是猪肉片放下去，受热后血水渗出，浮沫立刻撇去才能使汤色如此清澄。

在日本时，吃过几次大冈老板做的这道菜，在心底留下了温和隽永的印象，回国后迟迟没有试过自己做。有一次网上购物，偶遇丹麦进口猪五花肉片，看到图片瞬间就决定要做日式土豆炖肉。家里没有现成的出汁，我用木鱼花、干贝、冰糖与淡色酱油调配汤汁。当二十年前井荻居酒屋下午土豆炖肉的香气从我的厨房中飘出来，尝了一口汤，记忆完全复活，眼角有些湿润。当年大冈老板一定是从他妈妈家族那边承袭到的手艺，做出的是他最想念的妈妈的味道。

【菜谱】

材料（3人份）：

　　五花肉片　250 克
　　土豆　3 只
　　胡萝卜　2 根
　　白洋葱　大的半只
　　荷兰豆　2～3 片

做法：

　　清水中加出汁为底汤，锅中放入洋葱、土豆、胡萝卜先煮
10 分钟左右，再放猪肉片，改小火炖 20 分钟左右即可。

关键点：

1. 五花肉片要选用机器切的，肉选半瘦半肥。如果是自
   己切，先整块肉冰冻一会儿，容易切得薄。

2. 出汁是关键，亦可用木鱼花、生抽、干贝素、冰糖自
   己调。

房地产商仓井先生

仓井先生是东京房地产商人，他是井荻居酒屋的常客。可是每天去打工，我都非常不想见到他，盖因他是我在日本见过长相最丑的男人。马脸绿豆眼，松弛的眼袋，稀疏的头发，嘴里时常拖出一根猩红的舌头来舔他干燥的唇。他人不矮，整个不修边幅，衣服纽扣经常散开，皮带宽松地架在腆出肚子的半当中，肥肉折叠的脖子下还有一双斜肩膀。

仓井先生早些时候很神气，他踢趿着脚后跟进门，后面总是尾随着几个吃白食的男女。进我们店，仓井先生从不点菜。大冈老板见他进来立马眼睛一亮，动作极快地把最贵的生鱼片和最急于推销的菜"唰唰"地送上去。仓井先生飞快地自顾自吞吃，不抬头看那些跟班，见了有不爱吃的东西，往别人面前一推，随即朝柜台后面扬声高叫："喂喂，难吃的菜不要送上来!"老板狡猾地笑着"哈依、哈依"应声，仍不停地按既定方针办。

老板娘幸子照例配合默契，她一面勤快地拿碟布筷，端酒给仓井先生的同伴，一面迅速地把桌上的酒菜记在仓井先生椅背后的账单上。仓井先生不喝酒，因为他总是开自备车来，他喝放冰块的乌龙茶，所以头脑总是清醒。看到桌上的菜放不下了，老板还在源源不断地送上来，他绿豆眼一瞪大喝道："停!"

"他有钱!"老板说。仓井先生做房地产的，前几年，日本的地价和房价直线上升，仓井先生很赚了一手。他买了最高级的黑色德国奔驰车，劳力士纯金手表，镶着上百粒钻石的金手链，重得使人直不起脖颈的金项链，并拥有几名固定的和不固定的女伴。

那是 1990 年，我刚到东京。跟在仓井先生后面进店的女人常常换，都是大大的眼睛，虽然谈不上什么气质，人都是漂漂亮亮的。仓井先生在人前从不对女人献殷勤。有一次他带来一个瘦姑娘，那姑娘坐在旁边眼神张皇地看着他，讪讪地与他搭话，仓井先生爱理不理，鼻子里"嗯嗯"着自顾自吃喝，吃完了他手一挥对瘦姑娘说："你先去那儿等着！"仓井先生毫无顾忌地说，那些个女人都是他的性伙伴，他每天要换一个女人玩，但是他真心爱的是他的妻子，真心喜欢的是情人麻理子，这两个女人他是要好好对待的。

麻理子大眼睛，身材匀称，脸也很漂亮，她在一家酒吧工作，三十多岁了还是独身。麻理子常常跟仓井先生来喝酒，她像很多正宗的夫人一样，总是带着一些点心土产来，像做客似的，每次进门后她总要向老板娘鞠躬致谢平日里对仓井先生的关照。有一回麻理子与仓井先生一同打高尔夫球回来，一身运动装，年轻健康充满活力把我看傻了，我弄不明白她为什么不好好地找个男人结婚，却跟上仓井先生这种人，做没有名分的情人。

1990年出国的中国人，在自己小小的圈子里生活，大约都像我一样对国家经济不敏感，对日本这个神奇的国家更加充满了谜之感觉。才几个月工夫，我发现仓井先生来居酒屋次数少了，即使他来了，老板娘对他的态度也冷淡很多。一天老板娘撇着嘴指给我看客人赊账的名单，仓井先生的名下欠有12万日元之多。仓井先生不来，大家少了谈他哪个女人最漂亮的话题，不免有些寂寞，老板也常常自言自语："仓井他怎么了？"

终于他又出现了，破天荒地一个人，绿豆眼暗淡无光，垂头丧气的。"生意难做。"他一进门就说。日本的房地产从前几年开始一落千丈，土地价格涨得太高地皮无人拍，造好的房子也由于价格已飙升达至高点而无人问津，证实日本经济逐渐走向萧条无疑。

仓井先生的不动产业衰落了，他买的股票也在直线下跌，如今抛又不舍得抛，等又等不来近期回升，偏偏烦恼之中又出错，由于他平时骄横不羁的作风，开车屡屡犯规，被警察记过已累积到六次，终于被罚停驶一年，真是雪上加霜。他拿着那张犯规的卡来求老板娘，想借她的用。幸子"哗"地从他身边弹开，尖声说："我是少女的卡，清清白白的怎么能借给你来玷污!"仓井先生无奈只能坐出租车回家。

一年后,井荻居酒屋有一个客人从台湾旅游回来,学会了一句中国话"我没有钱"。这句话在井荻居酒屋里传开后,日本客人都想讲,觉得很时髦,好像出门可以防身一样。仓井先生马上学会了,他常常对我说"没有钱"。他说现在公司里没有事可以做,天天在那儿干坐,没有顾客没有生意马上就要没有公司了。他拿出劳力士金表说要卖掉,说买进时280万日元,现在大出血卖100万。我回家告诉哥哥,哥哥拼命打了几年工存了一些钱,他想买下。我说,我们中国穷留学生去买日本老板的金表不是很滑稽吗?而且这种金表戴在手上走夜路是很危险的,弄得不好手腕倒要给强盗斩了。过了几天,仓井先生手腕上的劳力士不见了,以至于常常要问:"几点钟了?"

又过了一阵,仓井先生脖子上100克重的金项链要卖,他开价15万日元,原价是20万。我见了开玩笑说13万我买了,他白白我眼睛不睬。第三天他又来,一坐下就往我脖子上挂那条项链，一边说，13万你拿去吧！这倒叫我愣住了。这条扁平的男式链又重又不美观，我家先生和我哥哥会喜欢吗？

项链带回家后，我把它挂在哥哥的脖子上，他顿时变得像"亚枯杂"，而挂在我先生的脖子上，他变得像俗气的暴发户老板，他们俩异口同声："不要！坚决不要，白送也不要戴！"没办法，第二天我很不好意思地把项链还给了仓井先生，并连连道歉。仓井先生皱皱眉头又把项链挂回了自己的脖子。

没有了钱，仓井先生却照样吃、照样喝，而且打高尔夫球更勤了，因为他实在太空了。日本的高尔夫球场大多数在东京附近的静冈县、山梨县，伊豆、日光等地，去一次至少要一天，一早驾车出去天黑了回来，打一次至少要花3万日元。仓井先生总是晒得很黑地回来，他提着沉重的高尔夫球棒包，"扑哧扑哧"累得半死。我问他："现在怎么没有女人跟你了？"他说："不是没有女人跟，而是我见到她们逃。每天晚上我什么地方也不去，就到你们店里来吃饭，到了睡觉时间再回去，没有钱嘛！"

老板娘管仓井先生叫"号么莱斯"（homeless），英语指无家可归的人。原来仓井先生的妻子常年生病住院，家里没人做饭，他只好顿顿在外面吃。本来他常常去麻理子工作的酒吧玩，可现在连去开一瓶酒也要斟酌斟酌了。麻理子很解人意，她常常把客人存放在店里的酒偷偷倒来给仓井喝，温言软语陪他度过一个个寂寞的晚上。仓井感慨地说，麻理子是好女人。他指着手上唯一值钱的镶着上百粒细小钻石的手链说，这是他有钱时买的一对情侣手链，另一根就在麻理子那儿。

后来，仓井几乎天天来吃晚饭，奇怪他渐渐连出租车也坐不起了，常常要等到老板娘下班搭车回家。老板娘忍不住埋怨道："你不是我的情人，家又不顺道，我从你那儿收的也不是夜总会的费用，凭什么要我当你的车夫！"

"唉……"仓井先生无可奈何，只好任凭老板娘唠唠叨叨。"别烦了，我请客喝咖啡。"仓井先生摸出 500 日元的角子，让我去买老板娘爱喝的炭烧咖啡，然后他也倒上一杯，慢慢地靠在台子上消磨时光，等店里打烊。我问老板，仓井先生那价值1 000万日元的奔驰轿车呢？还搁在车库里吗？老板眨眨眼睛低声说："已经卖掉了。"

已有好长一段时间仓井先生两眼无光了。突然有一天还未天黑，他一路踏进店门一路朝老板大唤"爸爸、爸爸"。"想出办法来了，我要娶美子当老婆。"他兴奋地说。

美子是老板的独生女儿，今年17岁，在电子计算机专门学校读书。美子已完全发育成熟，身材曲线分明，性格开朗乐观，她到自己家的店来打工时，常与仓井先生开玩笑，叫他爸爸，向他讨些生日礼物什么的。

仓井先生对大冈老板说："如今你是最有钱的人了，只要你这家居酒屋开门，就有客人进来吃，饮食行业不会萧条真是好啊。大冈啊你有店铺加上你买下的几幢供出租的公寓还有你的私人别墅……啊呀……"仓井先生一五一十数说老板的家产，垂涎三尺。

仓井说，只要和美子一结婚，就可以继承大冈家的财产，摆脱目前的困境了。听到这里，老板厚道地"嘿嘿"

笑着，老板娘却尖声叫骂起来："你还记得你自己的年龄吗？你去照照镜子，两鬓花白，皮肤松弛，又腆着这么大的肚子。不要说你的老婆还没死，就是死了你也休想动我家女儿的脑筋！你真是不知羞耻。要是让你当了我的女婿，不出一个月，我们夫妻都会给你暗算掉了。"仓井先生不听老板娘的话，只管自顾自乐滋滋地盘算着，并不时地朝老板叫一声"爸爸！"，对老板娘唤一声"妈妈！"。

又过了些日子，仓井先生的生意似乎有点儿起色，他握着一只小巧的无线电话进进出出，也不大讲无聊的话了，大约是做了房地产以外的什么生意。有一天，他耳朵里塞了耳机进门，全神贯注地听着。老板娘好奇地拔下来一听："什么？在听企业管理知识讲座，不是开玩笑吧？"

"开什么玩笑！不学习不行嘛。"仓井先生一本正经地回道。

"现在学习还来得及？你年纪一把倒学起企业管理了，听听磁带会发财啊？不要听了，不要听了。"老板娘拔下他的耳机。仓井急了，说："我花了3万日元买的录放机，

2 000 日元买的录音带，我要靠它赚钱翻本的！"

接下来又有一个月没有见到仓井先生。我告别井荻居酒屋的那天晚上，仓井先生来了，他听说我不久就要回中国，羡慕地问我是不是已经把下半辈子的钱都挣到了。他无限憧憬中国的物价与银行利率，拜托我说，如果他以后来上海玩，接到电话一定要出来接待他，请他吃中国料理。

很晚了，客人都已离开，居酒屋榻榻米上，仓井站着用一根高尔夫球棒在比画，练习击球动作。据说最近他们五个酒肉朋友组成了一个小组，准备出去打球。因为是赌钱的，成绩好的人一次可以赢到近 10 万日元，所以得刻苦练一练。

2019 年终于回访井荻居酒屋时，我忘记向幸子打听仓井先生的下落。日本房地产业一蹶不振后温温吞吞持续了二十多年，仓井早退休了吧，真不知他变成老老头以后，还会是那副德行吗……

什锦火锅

日文"寄せ鍋"翻译过来是什锦火锅。我们常在日本居酒屋门口的样品陈列处，见到店家在一个较深的砂锅中，将鸡鸭鱼肉、菌菇蔬菜等像插花一样组成鲜艳夺目的花篮，引人窥之即食欲燃烧。什锦火锅大杂烩，肉与鱼混在一起煮，互相借味，正如中国汉字"鱼"和"羊"合并便成一个"鲜"字。

在日本，什锦火锅的搭配细分还有很多种，比如相扑队员吃的量大货足的力士什锦火锅，别名相扑火锅；以鲷鱼为主打的鲷鱼什锦火锅；放韩国辣白菜的泡菜火锅；以切开的蟹块主打的鲜蟹什锦火锅；还有特别的酒糟什锦火锅，等等，不一而足。什锦火锅简直就是自由火锅，可丰可简，任意搭配。

老客人房地产商仓井先生来井荻居酒屋吃饭，总是一副即将饿昏倒的样子，吃相十分难看。他有钱的时候，身后总跟着几个保镖不像保镖朋友不像朋友的男女。大冈老板在上了几批菜后，就会准备一个什锦火锅，有时是清水里面放一大片海带做清底汤，有时是味噌汤底，然后在上面码各种食材。衬底是大白菜、洋葱圈、金针菇、长葱、魔芋丝等，胡萝卜、茼蒿菜都是配色用的，老豆腐去平底锅里煎出焦斑，有烧物感。上层放荤物，鸡肉块、鱼块、大虾、扇贝。豪华点儿放几根帝王蟹的长脚，如果店里做生鱼片的鲷鱼多就放鲷鱼，或者隔天的鳕鱼、目鱼生吃不妥，煮熟吃一点儿问题也没有，就放进去。

日本厨师的摆盘功力是日积月累训练出来的，日本学校教育从小重视美育，再加上认真、尽职、追求完美的性格，这在装点什锦火锅时尽显无遗。日本料理大师，被称为全才艺术家的北大路鲁山人对于火锅料理"摆盘"有过一番精彩点评，他认为火锅料理材料的摆盘方法与插花没有任何区别，插花是要把花草按在自然界的状态插到花器中，而"料理是用自然、天然的材料来满足人的味觉，而且还要让人看着开心，能享受到美感。这种心理状态，与插花没有任何区别"。

　　大冈在香菇的面上划几刀，像顶个五角星，胡萝卜用模具捅一下，切出朵朵向日葵，长葱斜切插成白根绿树林，白鱼、红肉、花蟹摆放错落有致。日本料理首先是眼睛的享受，欣赏到利用新鲜食材制作成的或崇山峻岭或池塘草木、暖阳熙熙的什锦火锅图景，心情到底不一样。

　　日式火锅也有像中式火锅一样一锅清汤直接端上来，食物分装多盘放在旁边，台面上点燃卡式煤气，客人自己涮肉烫鱼然后放蔬菜边煮边吃的。我觉得店家如有时间，摆好生火锅上桌好处更大，因为材料新鲜、颜色搭配好看一目了然。而且客人吃到一半后砂锅上桌，盖上盖子煮，等待慢慢煮开的时间里，可以再点菜或者聊天歇息，进餐过程张弛有度，气氛更好。

　　以蟹为主的大蟹火锅属于高端什锦火锅，底汤一般都用清汤。进口的阿拉斯加帝王蟹整盒买在日本并不贵，是大型捕捞船在海上直接烫熟后速冻的，能尽最大可能保住鲜度。井获居酒屋开宴会时最用得上这种漂亮豪华的大蟹什锦火锅，只见大冈老板摆开一长溜砂锅熟练切割。帝王蟹主要是吃蟹脚肉，在大长脚上斜批，露出雪白的蟹肉，小的蟹脚削去表面的蟹壳，使用筷子可以挑出肉吃。

清汤做底汤的火锅适合喝酒的客人。海带汤配鱼类，尤其是白色的鱼。如果是来吃饭的客人，爱吃肉的，你可以介绍他们点浓汤底，里面的红肉煮熟的时候有点儿血水渗出来也不易坏了心情，用个勺子帮着撇浮沫就行。

日式火锅吃到最后的华彩阶段是做泡饭，日语叫"おじや"（杂烩粥）。蟹锅"おじや"在著名美食家蔡澜的笔下有一番诱人的描述。因为蟹壳煮久了，锅里的汤有鲜甜味，往蟹与蔬菜捞光后剩下的清汤中倒入一碗米饭，煮开后多滚一会儿，再打散两个鸡蛋，徐徐地浇在上面，立即熄火，撒一把葱花，就成了一锅鲜美的蟹味杂烩粥。蔡澜兴致勃勃地说：

"其他东西吃得再饱，看到和闻到这煲粥，禁不住还是要添，吃个八大碗也面不改色，变猪八戒又何妨。"读到这里我会心地哈哈大笑，因为当年跟在仓井先生后面来居酒屋吃饭的年轻人就是那样的，添了一碗又一碗，抱着肚皮嗷嗷叫。

三文鱼头是便宜货，井荻居酒屋里只见过盐烧三文鱼头，是在鱼头上撒点盐进烤箱烤到边缘焦黄，柠檬块挤出汁浇上去，面颊上鱼肉挑下来吃。我在上海大众化日料店吃到过三文鱼头什锦火锅，汤底是味噌汁，蔬菜、菌菇都一样，三文鱼头切成几块装盘，由客人自己放入，服务员关照说鱼头不宜多煮。果然，三文鱼肉一煮就很硬，木木的不好吃，而鱼头上的胶质刚煮好时很滑腻，对于鱼头爱好者来说，趁热吃味道还不错。三文鱼头豆腐锅我在家也做过，腥味有点儿重，冬天吃得全身热乎乎。

鲁山人老爷爷年轻时穷得很，喜欢在小摊子上吃廉价的关东煮，他天生一条刁钻好舌头，认为关东煮并不是什么真正好吃的东西，只是因为刚出锅，热腾腾烫舌头，使味觉得到满足。而火锅料理同样以烫舌头获得人们的喜爱，但内容上是宴席版关东煮，如有创造性、独创性可以做到高出关东煮一大截。怎么样，有志者动动脑筋，下次招待亲戚家人、关系亲密的朋友来家里做客，不妨准备一席特色主题火锅大餐。

【菜谱】

材料（4人份）：

　　鸡胸肉　1块
　　鲷鱼片　2片
　　大虾　8只
　　蟹块、扇贝、鳕鱼（备选）
　　大白菜　1/4棵
　　长葱　2根
　　蟹味菇　1包
　　胡萝卜　1根
　　白萝卜　300克
　　金针菇、魔芋丝、老豆腐、茼蒿菜（备选）
　　米饭　1碗
　　鸡蛋　1只
　　葱花　若干

做法：

　　鸡胸肉、鲷鱼肉切成适口大小，虾要去除虾线。

　　将白菜帮和叶分别切成块，长葱斜切成段，蟹味菇去根、掰开。胡萝卜和白萝卜去皮切成厚片。

锅中底下放蔬菜，上面放荤菜，隔开颜色。

浇上底汤后，在煤气灶上煮，或者放在卡式煤气炉上，在餐桌上边煮边吃。

清汤制作：浓缩出汁 2 大勺用清水稀释。也可用和风出汁料包，加酒、味淋、盐等调味。或者用海带、干贝（或虾干）、酱油、砂糖、酒和干贝素自制。

味噌汤制作：取鸽蛋大小一团味噌用冷水调开，可加浓缩出汁或干贝素增加风味，加酒、味淋、盐等调味。

关键点：

1. 如果是涮锅的方式，先在底汤中涮鱼、肉等荤菜，再涮萝卜（预先焯水煮熟）、菌菇等可以久煮的蔬菜，最后放白菜、绿叶菜。

2. 什锦火锅顾名思义，锅中放什么材料很自由，可以搜罗冰箱中剩下的食材，尽情投入。

商店街的小店主

　　井荻这个地方不大，地铁站下来，铁道左右的主干道上布满了店铺，这些店铺看上去形成年代很久了，门面都不大，自然而然成为所谓的商店街。商店街左邻右舍做的是吃穿用的小生意，夫妻老婆店，大家相处久了知根知底。

　　井荻居酒屋隔壁有家寿司店，老板叫善叔。寿司店很迷你，木移门打开后客人只能鱼贯而入，胖一点儿的必须侧过身子才进得去。

　　善叔除了和商店街其他自给自足的小老板一样勤劳、本分以外，还多一点自夸的爱好。如果当天寿司店生意好，他必然会抽空来井荻居酒屋串个门卖弄几句，他爱尖着嗓子嗔怪说："哎呀呀那些客人真是的哦，就是喜欢上我那小店儿挤，看你们这里多清静！"

善叔的寿司店与井荻居酒屋一样，做的都是老客人的生意，要说互相没有竞争关系那也是假的，食客真的就像水流一样，你吃不准他今天晚上会流到哪里，而明天会不会再来。井荻居酒屋菜单那么丰富，煎炸烧烤炒，滚一遍得半个月，地方也大，善叔的生意是绝对比不上大冈，犯不上暗地较劲，可闲着也是闲着，过个嘴瘾也好嘛。

大冈老板生性和善，他不生气，"呵呵"地笑。到了11点多居酒屋客人走得差不多了，他会走出厨房，坐在柜台前的高脚椅上喝杯啤酒。此时，善叔也忙得差不多了，两个人照样聊得开开心心的。有时候，居酒屋的客人吃着喝着突然想吃寿司了，或者地下室开宴会，客人要求每桌上一盘寿司，大冈老板就挑挑善叔的生意，让老板娘去隔壁店订。善叔得了单子，立马捏，寿司顶着五颜六色生鱼片，装在黑色的漆器盒子里送过来，像艺术品一样美。

大和是个很听话的民族，新产品上市，只要商家舍得花钱做广告，一般来说赢面很大。那一阵，日本电视台节目里在紧锣密鼓地做中国"黄金酒"的广告，片子拍得金碧辉煌、皇气浩荡，似乎一喝那"黄金酒"即能做中国皇帝。

那天，善叔很早收工，心情特别好，他眯缝着眼来到我们居酒屋要喝一杯，我给他烫了盅日本清酒。当我为他在酒杯里斟好酒以后，只见他诡秘地从怀中掏出一个玻璃小瓶，用牙签从瓶子里挑了一小簇粉放进去。那粉呈暗黄色，沉甸甸的样子，我惊问道："你放了什么呀？"善叔一边用牙签在酒里搅拌，一边得意地说："我去金铺买的黄金粉，自己发明'黄金酒'！""呀呀呀！"我叫起来，"这个'黄金酒'不是那个'黄金酒'啦！"我语无伦次地告诉他，中国"黄金酒"用的是五十度的高粱酒，放了很微量会消化的特制可食用黄金粉，和你的这个日本酒加不知干什么用的黄金粉不一样的啦……我还用疙疙瘩瘩的日语告诉他，知道中国四大名著《红楼梦》吗？知道里面有个尤二姐是吞金自杀的吗？黄金可不是随便可以吃的哦……

看见我紧张的样子，善叔收敛了脸上的自得和炫耀，转而表情复杂起来。他拿起酒杯，想喝又不敢喝，不喝又舍不得，鼻子里"哼哼"地不以为然，眼神却有些惶恐不安。旁边有个喝得脸红脖子粗的客人听见我们的对话，怂恿善叔勇敢点："喝下去，怕什么？不就是一点儿黄金吗，喝！大不了肚子不吸收明天拉掉完事。"善叔握住那只酒杯，皱紧了老脸，考虑了又考虑，最后像吞黄连苦水似的把那杯放了1 000日元黄金粉的酒仰脖子喝了下去，其情状像极了拼死，完全没有了把金粉瓶拍到我面前时的得意和潇洒。

居酒屋另一隔壁邻居是一家专卖瓶装酒的店，主营日本酒，兼及全世界。他们店门口插了面"宅急送"的旗帜。在日本，凡插了这面旗帜的店，你买了东西不用自己提回去，开张单子，去逛马路好了，等你回到家，你买的东西也到了。尤其是买酒那么重那么不好拿的易碎品，这也太方便了吧。20世纪90年代初我哪见过快递呀，像傻子一样很担心买好东西脱了手，怎么就保证等会儿东西会回到我手里呢。老板娘幸子听了笑倒，说，你想多了，我们日本不会丢东西的。她问我，知道日本最有钱的人是谁？就是宅急送家的老板啊！他从骑一辆自行车送货开始做起的，如今物流网点遍布全国，变成顶尖大富翁。这事又让我一惊，幸子"要发财做快递"那话，回国后我一直闷在肚子里不敢透露，怕谁抢在我前面发了大财。直到后来眼睁睁看着中国快递小哥真的是脚踏车、助动车、电动车一路过来，快递业红红火火发展到今天十几亿人都离不开它。

有时候我很奇怪，井获这地方明明有大中型商场，有大中型连锁超市，里面样样都有卖啊，商店街那些卖菜的卖酒的卖衣服的小店为什么还能生存呢？是靠日本人恋旧的脾性吗？

隔壁酒店起码经营了五十年以上，爷爷常常站在店门口与人寒暄，儿子卖苦力搬货，圆脸儿媳妇笑容满面当服务员，令人感到十分亲切。他家店门口有个促销角，箩筐中经常会有跳楼价的酒和可爱的酒具卖，冰柜里有各种好吃的冰激凌。

再隔壁有家迷你型土豆饼摊，夹在两幢房子夹缝中，一位大眼睛俊俏嫂子每天下午准时开炸土豆饼，只见她不停地炸，就会不停有人来买。尤其到了傍晚，放学的孩子、下班的职员特别多，买了垫饥的，带回家当晚餐的，她家的炸土豆饼能香一条街，好吃极了。居酒屋大冈老板下午肚子饿了，自家的食物好像属于公家一样不能随便吃，掏出零钱去大眼睛嫂子那里买土豆饼，吃得那个香。

豆腐店在商店街拐角处，井荻居酒屋的豆腐都来自那里。我常替老板去跑腿。与其他店比，豆腐店特别阴暗、破落，几个大水池、木头架子绳子和秤都透出一股百年前的乡下气味。老板说，可不就是百年老店嘛。做豆腐可辛苦了，每天半夜起来淘洗磨豆腐，又是烧火又是压榨，做豆浆、豆腐、豆腐干……做好的豆腐是漂在清水里的，店主捞出来过秤递给我，比超市里买盒装豆腐贵，豆味足，有柴火香，不老不嫩。这手工豆腐拿到居酒屋卖，菜单上写着"冷奴"，日语发音"雅阁"。初见老板出冷豆腐这个菜我吓一跳，怎么就一块我刚买回来的白豆腐，除了豆腐上有一小簇木鱼花和几粒葱，也不"料理料理"就端出去了呢？然客人一点儿不见怪，欢欢喜喜在豆腐上面浇一圈酱油吃得很香。我心里暗暗想，你傻呀，一块白豆腐还来居酒屋吃！

这手工豆腐又老又贵，我家才不会去买，我们去超市买盒装豆腐，便宜、白嫩，赶得巧还有买一送一的。后来在店里吃员工餐，老板给吃了几次冷豆腐后，我才恍然体会到此豆腐非彼豆腐，手工冷豆腐吃原味的，入口冰凉，纯纯豆香。原来，只要是好的原材料，料理的最高境界就是不料理！后来我把这感慨发在新浪微博上，配了一张甫田网石磨手工豆腐的图片，不知怎的被美食大师蔡澜看到，他点评了两个字"美味"并随手转发了，结果这帖竟然瞬间获得了20多万点击量。

再走过去几家，体育用品店仿佛也是祖传的店，以前店堂很小很深。我二十多年前在他家老婆婆手里买过一双旱冰鞋，粉红色，台北产的。我是戴着围裙，趁打工间隙抽空去买的。当老婆婆知道我是要带回国去给7岁的女儿当礼物，因为拥有一双旱冰鞋是我小时候的梦想时，她给了我一个很低的价格，说是当特价处理。这让我当场感动得差点儿流泪，有点儿后悔不该那么多话，实在是即将回国太高兴的缘故。

重返东京回到井荻商店街，路过体育用品店特地走进去，见已扩成一家大店，由儿子或是孙子当掌柜了。这二十几年来，日本年轻人越来越热衷于体育运动，东京奥运会即将召开①，祝福啊。

① 第32届夏季奥林匹克运动会原定于2020年在东京召开，受新冠疫情影响推迟至2021年8月。

日本豆腐料理

　　我在前文中讲到井荻那家老旧的豆腐店，他家的手工豆腐好吃，百吃不厌。究其原因，是三条原则：做豆腐的原料大豆选得好，用日本产本地豆；制作豆腐的工艺遵循古老繁复的办法，靠手工手感经验；而排在第一的，按关西出身的日本料理大师鲁山人大叔的说法是有好水，他认为只有在京都才能吃到好豆腐，因为京都自古有丰富的好水，那里寺庙多，僧人茹素做精进料理，自然对豆腐质量要求高。有天然资源，有人认真研究做豆腐这件事，所以能做出好豆腐。鲁山人说话傲慢，他断言想在东京吃到好豆腐是不可能的，东京那地方没好水，没人好好研究怎么做豆腐！

　　按历史记载，豆腐是中国发明的，相传是西汉高祖刘邦之孙淮南王刘安炼丹时无意中做出了豆腐，后来这门技术由僧人东渡传到日本。多少年来，是日本的好水、好豆、好手艺更大地激活了豆腐的美味。我去京都游玩时没特别注意，就算在东京吃到的豆腐，与我出生的上海比，已经是上了几个台阶。

离开日本很多年以后，我在中国江南一带旅游，惊奇地发现当地农家用祖传的方法制作出的传统手工豆腐味道接近东京的豆腐，用那种豆腐做的菜，无论蒸煮汤都好吃。同伴吃后都赞不绝口，纷纷感叹乡下豆腐原来这么好吃。

改革开放后外资进入上海，日本豆制品技术输入，我们超市里也有了好吃的豆腐，但是工业化生产的豆腐仍然比不上手工制作的。幸好我们江南还有豆腐传人，政府也想到要重视传统民间手工艺，要留住中国古老优秀的非物质遗产了。

日本居酒屋豆腐料理必不可少，其中以冷豆腐、扬豆腐、汤豆腐、厚扬烧为多见，翻译成准确的汉语，依次是凉豆腐、出汁炸豆腐、豆腐锅和烤豆腐。

凉豆腐（冷奴）

凉豆腐即凉拌豆腐，盆子里端端正正一块原味豆腐，上面搁了一点儿木鱼花，几粒小葱。酱油是每桌上都有的，自己浇上去，然后用筷子撬来吃，像吃冰激凌一样。豆腐的质量决定了此菜的口味高度。

日式凉豆腐用的是木棉豆腐。现在国内超市盒装木棉豆腐有多种品牌，质量好且新鲜的可以做凉豆腐吃。如果去菜市场，在豆制品摊有用木板一板一板盛放的老豆腐，当天新鲜做出来的，选豆腐不太老的，闻上去有浓浓豆香的，也可以尝试。

出汁炸豆腐（揚げ出し豆腐）

这个菜年纪大的日本人点得多，料理工艺较复杂，在家不大可能做，带着怀旧的心理来居酒屋吃吧。

油炸要用较老的木棉豆腐。用厨房纸包住豆腐，放在斜面的案板上，用碟子轻轻压着，让豆腐中的水顺着流走。

豆腐切成大块，四面沾满生粉，抖掉多余的粉后，下油锅炸到金黄，油温不能太高。豆腐外皮变脆后，浇入用出汁、盐、酱油、味淋煮成的热热的汁，豆腐上面放萝卜泥、香葱末和生姜泥。吃的时候筷子划开豆腐，蘸汁吃，非常清鲜隽永的味道，乡土风，寺院里清静无为的感觉。

中国川菜中有一道脆皮豆腐，炸豆腐时做法类似，但是因为调料用上了糖醋和辣椒，最后勾芡裹住炸豆腐后就变成一个口味很浓重的菜，与出汁炸豆腐的境界相去甚远了。

豆腐锅（湯豆腐）

豆腐锅原料以豆腐为主，寒冷的冬天特别想吃。豆腐锅底汤很重要，必须要有上好的海带。在厚厚的砂锅或石锅里放七成水，海带浸起码20分钟，使鲜味缓缓释放出来。豆腐切成厚厚的块，放入底汤中中火煮开，放入斜切段的长京葱一起煮。这款汤清淡素雅，要另外做一个佐味的酱油，用来蘸食豆腐。

佐味酱油是把生抽、老抽混合，加米酒煮开，再加入木鱼花煮几分钟，让木鱼花的滋味渗透在酱油中，然后捞取出木鱼花丢弃不用，加入适量的香葱末、熟白芝麻、青柠汁。

豆腐锅清清爽爽不能加一滴油，因为底汤貌不惊人却清鲜无比，豆腐出水犹如纤尘不染的仙子，滚烫雪白的豆腐在相对浓重的佐味酱油碟中一滚，入口后嘴里自然"嘶嘶哈哈"作响，口感非常之妙。

烤豆腐（厚揚げ焼き）

这个菜小时候在语文课本里的鲁迅先生散文中读到过，一直记着是因为"阿司阿盖"这个奇怪的菜名，来到日本后终于明白原来鲁迅先生喜欢的那个日本菜就是烤豆腐呀。烤豆腐料理很简单，先炸后烤，一般人嫌麻烦就买现成炸好的豆腐，放到网架上烤到两面焦黄，切开。用最新鲜的萝卜擦成泥，做成一座小山的样子，搁在盘子旁。另做一个出汁调料，萝卜泥放入后，豆腐蘸来吃。

　　井荻居酒屋大冈老板说："无论哪种豆腐料理，最基本的一条就是豆腐好，如果没有井荻那家老店坚持生产手工豆腐，我家的凉豆腐、出汁炸豆腐、豆腐锅都不会好吃，同样道理，烤豆腐我也是从认准的品牌买的，宁可贵一点儿。"

　　日本人很喜欢说"こころ"，就是人的"心"。大冈先生对自己的工作倾注爱，关注细节，事事用心，井荻居酒屋怎么会不天天顾客盈门呢！

【菜谱】出汁炸豆腐

材料（3人份）：

木棉豆腐　1块
萝卜、香葱、生姜　少许
干淀粉　若干

做法：

豆腐滤干水分后切大块，四周沾满干淀粉后，以170～180℃油温炸到外壳变脆，颜色淡黄。一切四，放入稍深的碗中。按前文所述制作好滚烫的出汁浇入，使炸豆腐一半浸在汤汁中。

萝卜擦泥，稍滤干水分。与姜末、葱末一起放在豆腐上。

关键点：

1. 购买质量好的手工豆腐。豆腐不能太嫩，也不能太老，含水量适中。豆腐滤干的时间不宜过长，大约20分钟，否则豆腐质地会变得太硬。

2. 炸豆腐不是煎豆腐，放入炸天妇罗的锅中，用比较多的油，使豆腐腾空炸黄。

3. 这个菜是现做现吃，豆腐与出汁都讲究烫口，不能买超市现成的炸豆腐回来复炸。

山田光明的爱情

日本人姓氏中带"田"字的不少，小田、大田、山田、藤田、井田都有。据说带"村"字的住村子里，村上家的地势比村下家高一点儿。带"井"字的住井边上，姓井口的家距离井更近一点儿。那么带"田"字的老祖宗家里有田地是一定的，姓山田就是他家那块地依着山，或者索性田地就在山上，山上的田。

山田先生名光明，这"光明"两字发音与汉语略微不同，从字面看，不由令我嗅出中国的气味。仿佛命里注定，山田光明要与中国人打交道。

山田光明注册着一家连老婆在内三个人的会社，算是电器商人。他有小小的一爿店铺，经营各种家用电器商品，由老婆掌柜。他这个社长整天就开着一辆旧汽车，为顾客安装维修店里售出的冰箱、空调、排风机等。会社的另一位员工是单身汉，名字像上海人叫的"阿憨"，阿憨是季节性工人，往往是夏季临近之时，来帮山田安装空调机。井获居酒屋老板娘幸子说，谁当山田家的员工谁这辈子就甭讨老婆了。这是对阿憨前途的预言，也算是对山田经商业绩的一句中肯评点。

山田光明听了这话仰天大笑，露出一排雪白的犬一样的细牙。他戴一副据说值20万日元的金丝边眼镜，西装革履，身上喷了浓烈得令人怀疑其价格的香水。奇怪的是，山田光明的人丈量起来也有一米六零左右的高度，然而坐在吧台前的高脚椅上，他的双脚却总是悬空半尺，害羞一样无所适从地藏藏掖掖。我暗暗地以手的虎口为对照点目测他的裤管长度，放宽了说，从腰部起约摸两尺三寸吧。山田光明甩甩短腿说："是啊是啊，幸亏我十八年前已经讨了老婆了。"

说罢他掩饰不住得意地告诉我，他的桃花运真不错，现在已经有三个中国女人爱上他了。我鼻子里"哼"了一声，山田说："你不信？告诉你，一个姓乔，一个姓张，还有一个……她们气质可好咧。一个会跳国际标准交谊舞，一个会敲扬琴，嘭嚓嚓，嘭嚓嚓……"他一骨碌滑下高脚椅，眯起无限憧憬的眼睛仰着头双手作拥舞状，陀螺一样在店堂里转开了。

"好了啦，你不要碍手碍脚的，要跳舞上酒吧舞厅找你的女人去，我这个地方要做生意的。"幸子一边"嗖嗖"地穿行在过道里一边叱责他道。

山田一点儿也不觉得扫兴，他复爬上高脚椅，"嗨……"地饮了一口冰镇生啤，说："我的女朋友都做晚班，今天晚上等乔下了班我要带她来这儿喝酒。"

幸子抬头看着钟说："现在才几点钟，你在这儿要等三四个小时吗？你还是去乔的酒吧等她好了。"

山田摇摇头。幸子尖刻地说："没钱了是吧？我看你的夫人也太贤惠了，一个月给你花那么多交际费。让你去交际客商，你却交际到酒吧里，全部花在女人身上。我真不明白你夫人那么端庄、能干，哪一点比不上乔？"看来山田受幸子抢白的历史已经很长，他不听她说什么，径自咏唱道："我的心啊，多么寂寞，我的生活啊，多么枯燥。来吧，爱情。来吧，滋润我饥渴的心……"坐在山田旁边一位已快喝醉的男人啐道："呸！爱情，哼！……"

山田被吓了一跳，赶忙收敛一些他的春风，摇头轻声说："这人好可怜哎。"

"都四十多岁的人了，还'爱情爱情'地挂在嘴上，真不害臊。我看日本男人里就剩下你最后一个信仰爱情至上的人了。"幸子看今天山田太得意，忍不住又讥讽他。

果然山田被幸子的话气到了，他松开手中理想的"风筝"，垂下脑袋自言自语道："我还有什么？奋斗了二十多年，连住的房子都是租来的，电器生意越来越难做，推销商品到处碰头作揖，人活着还能有什么追求。"

"你女朋友乔对你很好，她很爱你？"我见这个男人正处在心理无戒备状态，便趁机打探。

"可不是嘛，十三年前乔刚到那个酒吧陪酒时又不会说几句日语，穿着打扮又朴素，一直坐冷板凳。是我当初主动要她陪酒，教她日语还给她小费，她当然感激我。其实这个姑娘很内秀的，他们都不识货。乔是从香港来的，名牌大学毕业生呢。"山田骨头又轻飘起来。

九十点钟的时候，店里生意很忙，我没空再听他闲扯。不知什么时候山田的座位上人不见了，我忙去收拾杯盘，幸子阻拦我说："不急，他一会儿准回来，还没结账呢。"

过了20分钟，山田果然领着一位姑娘进来。姑娘看着三十来岁，穿一件宽松呢大衣，眉清目秀，礼数很周到地向老板和老板娘问好。山田站在穿高跟鞋的她身旁矮了半截，只能半仰着头合不拢嘴似的望着她。山田亲昵地在乔姑娘耳边说了几句话，接着点了一大盘刺身盛和一个砂锅，然后他自己不吃菜只是喝酒，不时将脸孔搁在桌面上饶有兴趣地侧头看乔姑娘吃。

乔姑娘巾帼英雄一样，老练地一大口一大口往嘴里填红的、白的生鱼片，不时饮一口啤酒，而无暇顾及山田一眼。生鱼片吃光，什锦砂锅亦已沸腾，乔姑娘"呼呼"吹着气，一碗一碗地舀到肚里。老板和山田是老朋友了，他从厨房里探出头喊："要不要米饭？"

山田忙作嘘声状，用一根食指往自己这儿勾了一下。老板盛出一碗饭，山田轻轻地将它倒进砂锅的残汤里，幸子及时递上一只生鸡蛋，山田又悄悄磕进锅，用勺子慢慢搅开。这一系列慢动作温柔极了，绝不敢打搅乔姑娘旺盛的食欲。不巧我却从山田的眼睛里看出一种猎人围捕野生动物时包围圈越缩越小、越缩越小马上就要成功的那一刻的平心静气，那种生怕功亏一篑的虔诚，不知怎么地我笑出了声。

乔姑娘挺着变大了好多的胃，转过头用日语问："你笑什么？"我用中国话抵赖说："我没有笑哇。"

"你是中国人？从大陆来的？"她扬起眉毛惊奇地问我。

话音里听出一点儿简慢，我不想回答她，点了点头。山田却挤进来凑热闹，他指着我对乔姑娘说："她是我新的女朋友。"乔姑娘宽容地笑笑，感觉很好地用左手捂住嘴，右手用牙签剔起牙来。我气得满脸通红，指着山田正色道：

"你为什么胡说?!"山田嬉皮笑脸道:"日本的玩笑都不懂,到底是新来的。你看乔,看都看不出是中国人了。要多与日本男人交际交际啊!"

乔姑娘看看表,起身又日本式地谢了老板和老板娘,山田托住她的腰,一齐挤出走道。临了他回头对幸子眨眨眼说:"我一会儿再来结账。"门外山田的白色轿车引擎一响开走了,幸子吃吃暗笑,这一次我不大明白了。

约莫一个小时过后,我们已经在做打烊的准备工作,山田一手支颈一手捶腰涎着脸又来了。他生怕大家听不清似的一遍又一遍抱怨道:"哎呀我累坏了呀,累坏了呀,快来一杯啤酒。"

我端上啤酒,随口问道:"你送她到很远吗?""对对,你好聪明。"山田兴奋又狡黠地说,"很远、很远,到大海里游泳去过了。大海,明白么?我游得好累好辛苦哦……"他做出一副痛苦的怪相,我一下子不知道是不是听错了日语单词,所以一脸的莫名。谁料旁边几个日本男人齐声哈哈大笑,那种放肆、淫狎的笑让我一下子悟了过来。我的脸"刷"地红了，怔怔地说不出一句反驳话来。这难道就是山田光明与乔姑娘所谓的爱情吗？山田磕着嘴巴饮生啤，做出人生赢家的样子，他座位旁边那个喝闷酒嘲笑爱情的酒鬼已经趴在桌上睡着了。

山田光明的店就开在井荻商店街上，他有时候一天要出来逛几次，喝汽水、买香烟、来居酒屋与大冈老板聊聊高尔夫球。一次我有事出去正巧与他同路，便搭了他的车。山田开车不走宽阔的大道，专拣弯弯曲曲的小路开。我问他为什么，他说："这就是我信奉的人生哲学。大道上车那么多，我的目标那么明显，竞争太激烈，我避开大道走小路，只要自己头脑灵活，弯来绕去能拣到不少便宜。"

"你和中国女人交朋友也是这个道理吗？"

"啊？"山田被我这话将住了，他辩解道，"中国女人很纯洁，又富浪漫气息，我真的是喜欢中国女人。不过中国女人又很固执，思考问题的方法与日本女人不一样。"

"怎么不一样？"我很想听下去。

"嗯……怎么说呢？就是光考虑要别人为她做什么什

么，而不是首先奉献，为对方做些什么。"

"哦，那你老婆对你那么无私奉献，你为什么还要在外面拈花惹草？是不是日本女人太柔顺了，又提不起你们男人的兴致？"我日语比以往熟练多了，呱呱地说着。我也不怕他听不懂，因为山田总和中国女人打交道，最能听懂中国式日语。

"唉，男人嘛，都是八格，尤其是喝醉酒以后的男人。"山田自我解嘲道。

冬去春来，正是樱花盛开的季节，山田光明却愁眉苦脸，心不在焉。一打听，原来是乔姑娘要离开日本回去了。那天是光明最后一次领乔姑娘来店里吃饭，顺便告别。乔姑娘一脸喜气，她踌躇满志地告诉我们，她已经从专科学校毕业，被日本某知名新闻社录用了，现在派她常驻香港分社。我不知道她是怎么弄到这个位置的，确实，乔姑娘所在的酒吧附近，有一家知名新闻社的分部。山田光明耷拉着脑袋，什么也吃不下，坐在胃口奇好的女朋友旁流露出千般不舍、万般不愿。毕竟一江春水向东流，乔姑娘在香港有家有男人有孩子，山田光明你怎么拽得住她？

山田光明从此沮丧地跌入黑暗，他一度不再着西装戴领带，不再浪费香水，而是污糟糟的夹克衫一披挤在男人堆中了。每当他双眼茫茫、神思恍惚之际，总有一个男人大喝一声："又想你的中国相好！"于是七嘴八舌拿他取笑。有一次他真的忍受不了了，弹出眼珠怒道："我是真心爱她，她也爱我，真的！爱情，你们懂吗？！"但是这句话被淹没在"呵呵呵""嘻嘻嘻"的笑海里，只我一人听得真切。

山田光明扭头无助地望着我，也许从我眼里看出了那么一丝理解。他趔趔趄趄地走近我，带着酒意，含混不清地说："5月份连休，我要去香港看她。你等着看好了，她会给我来信的。你相信吗？乔她爱我……"

井荻居酒屋是山田光明与乔姑娘约好的信件中转站，邮差每天送两次信，时间一到光明必定赶来取信。遗憾的是，每天远远地不等他走近，幸子便大幅度地摇手劝他省些脚劲。山田光明不折不挠，他求大冈老板给他老婆打电话作证明，接下来5月份连休是跟大冈一起去香港旅游。我们老板厚道，经不起他软缠硬磨，为他作了伪证。

山田独自去香港探了亲，旅了游，回东京了，气色仍是不佳。了解下来，才知他这一行算是白搭了路费。乔姑娘一家三口一起接待他这个贵客，乔的丈夫更是寸步不离左右，对他热情非凡，口口声声称他老板，唤他作恩人。山田只好搭起老板架子，只可惜一腔爱情闷在肚里发了酵，直到回来一星期后，吐出的话语还在句句冒着酸泡。

日子还要过下去，爱情还得去寻找，山田光明的中国之心不已。过了大约两个月，一个下午，他从自家店溜出来，坐上井荻居酒屋吧台的高脚椅，晃动两条短腿，镜片后闪着熠熠的光，咧开嘴角觍着脸对大冈说，那边酒吧新来了一位比乔更年轻、更漂亮的陪酒小姐，才见了两次，已经有点儿爱上他了。

刺身盛

日本人爱生食。在中国人看来，蔬菜生吃、豆腐生吃不稀奇，鱼生吃，虾生吃，牛肉、马肉也生吃就很厉害了。生吃日语是"さし"，中文发音为"杀西"，生鱼片统称刺身，而各种各样的生鱼片放在一盘里，装点得漂漂亮亮地端上来，就是刺身盛。

日本是个岛国，鱼产品丰富而新鲜，海边的渔民自豪地说，我们只吃当天捕捞上来的鱼，隔天的、冰冻过的鱼怎么能吃呢？说完怜悯地瞅着你这位自称来自东京的时髦人，大摇其头。

其实东京人吃到的生鱼片已经很新鲜了。井荻居酒屋大冈老板每天一早要去买菜，他店里每天出菜用的生鱼数量不多，就拿大多数日本人喜爱的金枪鱼来说，去筑地市场的进货商那里分割一块即可。我曾经很想跟去筑地市场看看所谓的拍卖，后来一听早晨得4点钟出发就放弃了好奇心。

大冈说，日本近海钓上来的金枪鱼是当即在捕鱼船上去血去内脏，在鱼肚子里放入冰块，浸入船舱中的冰水中冷却保鲜。船到港口后马上装入特制的木箱，放很多冰块冷藏处理，第二天清早5点就会出现在东京筑地等鱼市场参加拍卖。居酒屋有时也用深冻后的鱼肉做刺身，但即便是外国进口的深海鱼，因为先进的捕捞保鲜技术，鱼肉解冻之后仍然像活杀的一样完美。

来居酒屋吃饭的大多是本地常客，术业有专攻，来吃料理的人并不太懂食材与厨艺，想吃刺身，到店后先看老板放在透明罩里的当日推荐样品，再瞧满墙壁贴着的菜单。老板娘上前招呼点单，你问她，她总是这个新鲜那个也不错，有选择综合征的肯定抓瞎，那就点各种都有一点儿的刺身盛最安全。

每天可以做刺身的鱼不少于十几种，刺身盛的基础由金枪鱼、鲷鱼、三文鱼、鰤鱼、墨鱼等组成。如果是女客多，老板会放扇贝、甜虾、北极贝，如果客人是"揩乃木屐"（有钱人），可将金枪鱼赤身改为金枪鱼中脂。金枪鱼大脂最肥美高级，价格贵，放入刺身盛太掉价，如果有人点，必须另外装盘隆重上桌。老吃客知道，夏天吃黄鳍金枪鱼，而冬天则选太平洋蓝鳍金枪鱼。

竹荚鱼个头比上海的河鲫鱼大一点儿，做刺身是当堂活杀，脊梁骨连着头与尾，放在碗底，铺一些萝卜丝在上面，去骨的鱼片覆盖在上面，端上桌的时候，竹荚鱼嘴巴还在一动一动。鱼片搛在筷子上犟犟的，放到嘴巴中嚼真有些胆战心惊。

有一次店里有老板娘游泳班二十位中年妇女的宴席预订，老板进了几盒虾，打开一看大虾被整齐埋在糠里面，都还活着。他不知怎么想的，就把那些冷藏后有些僵硬的虾装到盘中，用保鲜膜封起来。我以为他准备放入微波炉转熟，不料他吩咐直接送到楼下上桌，让她们当刺身吃。就见那些妇人刚还聊得挺欢，见了这盘虾有点儿懵，不知怎么去吃。一个有点儿喝多的女人浑然不觉异样，动手拆保鲜膜，结果那些虾遇到热空气，突然活蹦乱跳起来，吓得她丢掉盘子发疯似的原地穷跳。众姐妹清醒过来纷纷离座，笑得那个七倒八歪。我赶紧上楼禀报老板娘，老板娘气得脸通红，我第一次看见她那么严厉责问老板："你让她们怎么吃？"大冈老板说："刺身啊！"他歪着嘴巴动手剥虾，蘸了点儿酱油，将还在动弹的大虾塞到打工男小张嘴巴里，小张含着虾大叫"还在动还在动"……

我喜欢吃刺身，特别是带着甜味的扇贝和红虾。大冈老板开扇贝用一把小镰刀似的刀，一划，取下扇贝，去水龙头底下把肚肠什么的全部摘掉，光留中心一块白嫩，片成几片，白色萝卜丝上垫一张碧绿紫苏叶，上面是粉嫩的扇贝，视觉上首先就漂亮极了。甜虾是去头，再剥去虾身上一半多的壳，留一截尾巴上的嫣红。生鱼片专用酱油中挤一团芥末进去，鱼虾肉蘸一下，放入口中，糯软、鲜嫩，一点儿腥味也没有，感觉像上了天一样幸福。

　　在日本著名美食家北大路鲁山人看来，用来做刺身的鱼不仅要看产地，具体到哪片海哪个县，连山葵泥、萝卜泥都得有讲究。而金枪鱼身上的赤身、中脂、大脂三部分中，妇女们喜欢吃"羊羹色"的。哈哈他说对了，我就是那个宁可吃最便宜的赤身也不要吃浅肉色的高级货大脂的那位无知妇女，因为觉得大脂咬上去一口油，最多吃一片了不起，太腻了嘛。

　　三文鱼、旗鱼、鲔鱼、海胆、牡蛎、赤贝、北极贝……喜欢吃日本刺身的人一说到这些名词，都会不由自主流下口水。其实鱼虾蟹生食的习惯不只是日本人有，中国吃生的海鲜河鲜也有很长的历史，只是方法有些不同。比如我们宁波人吃的咸蟹，是梭子蟹捞上来后，用粗盐和白酒腌制，过一周左右，蟹黄凝结起来，变成尖端美味，蟹肉咸中透鲜，很下饭。活梭子蟹做炝蟹或叫呛蟹，直接切成小块，放姜末、蒜末、白酒、盐、醋和一些糖腌制，马上就可以吃。炝虾也是那样，蹦蹦跳的河虾被七八种调料（除了以上调料，还加芝麻酱、腐乳、胡椒粉、麻油，等等）淹没，装在玻璃盖碗中，一揭盖子，小虾都忍不住要跳出来逃命。当然还有江南人爱吃的醉虾。

2019年我重返东京，找到搬家后停止营业，后又移址复开张的井荻居酒屋。我和老公刚坐下，笑嘻嘻的大冈老板就上了一大盘刺身盛，他估计我一定是想念他的料理很久了。可是那天我们几个人光顾着叙旧，没来得及好好品尝老板的心意，回国后遗憾了好一阵。

【菜谱】

材料（4人份）：

刺身用金枪鱼　100 克
刺身用鲷鱼　100 克
刺身用三文鱼　100 克
刺身用樱花甜虾　8 只
白萝卜　适量
绿叶紫苏　6 片
芥末　适量
刺身用酱油　适量

做法：

配菜白萝卜去皮，切成细丝后浸入冰水中，泡 1 个小时使萝卜丝更脆，滤干水分。

金枪鱼切成 1 厘米厚的片，三文鱼切 7 ～ 8 毫米厚的片，鲷鱼切 5 毫米厚的片。

甜虾去虾头，剥去虾身上的外壳，留尾巴尖一小段壳。

摆盘时根据食材的颜色错开，用紫苏叶垫底，萝卜丝松松地成团放在刺身一侧，也可以垫底。

关键点：

1. 切生鱼片属于很有技术含量的活，自家吃不太讲究，要注意的是切片的厚度。除了鲷鱼可以片得薄一点儿，金枪鱼和三文鱼、鰤鱼等要厚切才好吃。

2. 切生鱼片用锋利的尖刀。切鲷鱼时，左手手指轻轻压在鱼片上，右手用刀斜片入鱼肉，切成薄片。其他鱼切厚片时，刀尖稍稍抬起，后刀刃先下，顺势压下刀尖往后拉，再用刀侧向右边，将鱼肉分离。

本田"导游"

    本田师傅是井狄一家运输公司的调度员，五十多岁了，狭长脸看上去像根老丝瓜，丝瓜皮黄起壳，根部却带点儿青色，吃是不能吃了，但是茎上还留着一股劲，能吊在枯藤上迎风晃悠。

    由于调度工作做得久了，他到什么地方都想要调度一番。几个同事来居酒屋围着桌子喝酒，谁一站起来去了洗手间，他就会很自然地将坐在最边上的那个人招过去补那个空当。"干什么嘛！"边上的人虽然觉得好麻烦，还是不由自主地挪动身体听调度的。本田很满意他的手下在下班后还那么驯服，便"咕嘟嘟"地为他斟酒："喝，喝，不要担心，我兜里带着钱。"

本田调度来店里，爱坐在有高脚椅的柜台前。他喝酒从来不点菜，还总把店里按规矩奉送给客人的一小碟前菜推得老远，说："快还到厨房去，等会儿还有用，我这儿就免啦。"本田总是喝啤酒，如果他是一个人来，必定会抓着自己的酒瓶四处张望，寻找肯接受他的酒、陪他说话的人。不管认识不认识，只要他逮着了人，便不由分说频频斟酒，看着人家喝，满足地眯细了眼睛。

为了补偿他不点菜吃给小店带来的利润损失，他殷勤地向老板娘幸子问长问短，嘴里还不停地说："真不好意思，我这个习惯太不好了，光坐着不吃菜，真是的，谁还会欢迎我来喝酒呢！"一种自卑自责的神情弥漫在老丝瓜皮上，看上去很可怜。

这样频次高了，老板娘也被安慰得烦了，便说："你叫一个菜给我吃好了，我肚子饿得咕咕叫了呢。"本田听罢大喜："好啊，好啊，挑最贵的吃好了。""行！"老板娘利索地在他的账单上写了一客生鱼片，拿了来就坐在他的身边，边吃边陪他说话。本田喜滋滋地看着老板娘嚼东西的嘴，松了一口气，好像买到了久坐的权利。

闲谈中我得知，本田调度有一个老妻，一个女儿。女儿前不久出嫁去了东京郊区，本田的心里变得空落落的，对老妻也不耐烦起来。老妻理解他的心情，对他说："你辛苦了一辈子，如今女儿安排好了，我们两老再存钱也没有意思了，下了班，你想去哪儿玩就去哪儿吧。"老妻在金钱上给本田开了口子，他口袋再也不羞涩，便遂了自己的第一志愿——直奔高挂大红灯笼的居酒屋。

井荻居酒屋的生意一大半靠熟客，老板娘对这个新的重点对象亲热有加，本田也对自己柜台前的专座依恋上了，越发隔三差五地往这儿跑。毕竟"老丝瓜"还是男人，酒喝上了脸，话也多了，眼也花了，雾里看花花更媚，本田望着小巧玲珑的老板娘，一扫平日的自卑，嚣张地说："你真美，I love you。"

老板娘瞧本田那酸唧唧的模样笑死了，拍拍他的手说："我也 love you 呀！"本田更进一步将老板娘的手捏住。老板娘正坐着嚼本田馈赠的生鱼片，她指指玻璃柜台后的厨房说："我的男人在那里看到了咧!"本田便仗着酒意拔直喉咙喊:"马斯特快出来!"

老板大冈先生光着臂膀在剖一条大鲷鱼,他伸出头来问什么事。本田舌头发直地说:"你那老婆我喜欢呢,行不行嘛,我要和她结婚!"老板一听这点儿小事,宽宏大量地说:"请吧,请随意。"便缩进头去继续整那条鲷鱼,小心专注地揭下鱼皮。这条鱼可以卖出好多客生鱼片,值很多钱。

秋天到了,山上枫叶正红,本田调度的运输公司组织职工去福岛两日游。因为运输公司全是男人,旅途不免寂寞,本田包下了两个"调度女性"的名额,晚上兴冲冲地来到店里。他一进门嗓门就不一般,问老板娘道:"福岛去过没有?""没有哇。""想去不?"他狡猾地眯细眼睛说。

"跟你两个人去啊?对不起!"老板娘扁扁嘴,耸耸肩。

"唉!跟我老头子去是没有劲的,还有好多小伙子呢。你也带一个女伴去嘛。"本田没喝酒以前总是这么谦虚。

我这个中国人意外地得到免费旅游的邀请,与老板娘一起登上大客车。听说要住福岛最好的温泉宾馆，又可以顺路走美丽的日光高原回来，我们一路上坐在本田后座对他吹吹捧捧，使他在同事面前很有面子。

这次旅游，本田当仁不让又担任调度。他们那位白白胖胖的社长说，此次旅途让本田当干事他放心。果然，本田跑前跑后为车上的同事与家属端茶送酒，分发零食，又拿着话筒宣布注意事项。当车厢里"嘭嘭"地响起开易拉罐的声响，啤酒的泡沫沾上小伙子们的唇须，本田舔舔嘴唇皮，摇摇头不以为然。

车厢里的人们"呲呲"地吸着啤酒，"咂砸"地嗑着嘴巴，本田好无聊。他一按电钮，车厢上方一架电视机滑到他的头顶。本田拿过点歌本，一口气在遥控存储器里输入三首卡拉OK曲目。

本田一曲一曲地唱，奏过门的时候他报歌名、报词曲作者名、报歌手名。唱了《北方的旅人》唱《追忆》，唱了《追忆》唱《醉歌》，《醉歌》唱到一半，他沮丧地用麦克风问听众："是不是听不出酒的醉意？"

坐在车厢最后排的愣小伙子大声说："是呀，本田你不喝酒唱什么《醉歌》，快歇歇去喝酒吧！让我唱《爱就是胜利》。"

本田说："社长让我今天当干事负责大家吃喝玩乐，我向他保证过工作时间不喝酒的，喝了酒我……"本田心里也保不准自己喝酒后会出什么漏子，说不下去了。

社长和大伙儿都笑了，说："喝吧，喝吧，不要太认真了。"说着社长亲自递给本田一罐啤酒和一罐苏打水加烧酒。本田的丝瓜脸上绽开条条笑纹，得大赦一般仰脖子就喝。

酒过二罐，当本田重又操起麦克风时，灵感喷薄而出。大巴上原先有一位旅游公司的导游小姐，现在便多了一个导游老汉。导游小姐说得快，导游老汉跟得急。导游小姐说："这座饭盛山至今已有一千年的历史，传说是……"本田接："我老汉是昭和五年①出生的，距现在已有近六十年

---

① 昭和五年即 1930 年。

的历史……"

导游小姐耐心地等他讲了一段，又接着说："那龟王峡东面临海，西面靠……山势险峻崎岖，顺着峡谷翻过乱石岗，里面豁然开朗……"本田不甘落后说："你们别看我老了，爬山我是没话说，我小的时候爬过……"

导游小姐张着嘴吃惊地看着眼前喋喋不休的本田，半天才说："对不起！这位先生，让我说完了你再说好吗？"

"啊，对不起，对不起。"本田恍然大悟止了嘴，可是只停了一会儿，又忍不住把麦克风打开，现场直播，插科打诨。导游小姐看到大家听她讲解时木头木脑没有反应，而本田一开口笑声便此起彼伏，她气坏了，红着脸丧气地丢下麦克风，扭过身坐下了。本田得胜似的，嗓门更响了，他索性站起身接着说："谁说我老了？你们看我的头顶，有纯白的头发吗？有谢顶的迹象吗？"他低下脑袋让人们看仔细，冷不防一个急刹车，"哎哟"一声，本田一头撞到椅子的铁把手上，大伙儿笑得更欢了。

本田喝酒管喝酒，却没有忘记自己的干事身份，午饭、晚饭他为大家张罗得很周到，自己却一点儿东西也不吃。我们劝他吃一个饭团垫垫饥，他摇头说："我喝酒是不吃任何东西的，酒就是粮食，喝了酒就是吃了饭了。"可是我们还发现他喝了那么多的啤酒，却一次也没有上过厕所，不免提醒他不要忙得忘了自己的生理卫生。他"嘿嘿"笑着解释："我在出汗呐，出了汗就是……一样啦。"

一到了景点，本田就钻进小卖部，提几盒糯米团，拎几袋腌渍菜。车一开动，他就满车厢寻找赠送对象。社长的老婆自然第一，社长的小姑也不怠慢，同事的妻子、井荻居酒屋老板娘都得了他的礼物。到了下一个景点，本田又如法炮制。夫人们实在吃不消他的殷勤了，硬是推辞不要他的土产。他快快地把那些东西捧回座位，突然眼睛一亮，躬身小心翼翼地问车头的导游小姐，愿不愿意接受他的礼物。导游小姐头也不回，鼻子里"哼"了一声，大伙儿见本田献殷勤受挫，又"哗"地乐开了。

一路上，车厢里像开着相声晚会，运输公司的司机们从来没有这么舒心地当过乘客。社长连连称赞本田称职，鼓励他再接再厉。

旅游车到了一个叫"美国西部村"的地方，"村"口高高飘扬美国星条旗，"村"里全是模仿美国西部电影的场景布置，服务人员均扮演头戴毡帽、身披毯子、脚绑马刺、腰扎宽皮带的牛仔。我们参观了一圈后，坐到露天木条凳观众席上，等着看一场西部电影的片段演出。

随着"啪啪"的枪响，从远处飞驰来两匹骏马，两名"歹徒"跳下马冲进乡村酒吧，揪出来一个小伙子，小伙子与他们奋勇搏斗，终于寡不敌众，倒在地上"昏死"过去，"歹徒"扬长而去。就在这个时候，坐在第一排的本田弓着腰走进演出场地，拍拍"昏死"过去的小伙子演员的背，问他还行不行。那小伙子耐住气一声不吭，本田就摇他的身子，摇得实在太厉害了，那"昏死"过去的演员抬起头来，对他说："观众，请你回到位子上去好不好，不要影响演出。"

看台上的观众这才觉出蹊跷，哄堂大笑。演员重又躺倒在地上装死，本田咧着嘴回到座位上。突然，马鞭声又响起来，"啪啪啪"的枪声密集，"歹徒"骑着马又归来了。坐在我边上的社长大声唤道："本田君，快上场啊！"

本田应声就地一滚滚到场中，"歹徒"愣住了，顺势拔出手枪指着本田，本田佯装害怕，节节后退，后退中又"不幸"摔倒。躺在地上的小伙子见自己的戏份被抢，索性爬起来，敌我不分与"歹徒"站在一起冲本田发火，"歹徒"横眉竖眼，不耐烦地"啪啪"甩起马鞭来……

看台上的我们早已前仰后合，笑得"嘎嘎"作响，数百名观众史无前例地喊起"好"来，戏就在笑声中结束了。本田拍着满身的尘土，英雄一样凯旋。社长捶了他一拳说："好样的，本田，退休以后到这儿来当演员吧！"

回到旅游车，本田瘫倒在座椅上，丝瓜脸都有些变色了。他喘道："我实在是太累了，这放假旅游怎么说都比上班累啊！只有一点好，白天能喝酒。"

放假后的第三天我去上班，一辆又高又大的货车从我自行车旁驶过。"哈啰！"那个司机伸出头来与我打招呼，我定睛一看竟是本田。我追上去问："你怎么开车了？"他大声说："有人请假我顶班啊！"本田的嗓子还带着三分嘶哑，可是精神却一如既往。

腌烤青花鱼

日本四面环海，鱼类繁多，从古至今有很多腌制方法。比如青花鱼，这种鱼价格低廉，肉质比较粗，腥味重，不易保存，是不能生吃的。日本人捕捞上来即开片腌制，风得半干，连皮一起烤来吃。居酒屋里青花鱼烤得皮香香的，鱼肉朝上，一碟淡酱油里面放入萝卜泥，尖头筷子能很顺利地把青花鱼蒜瓣肉剔下来，蘸上萝卜泥酱油吃，腥味也没有，鲜美得不得了。

与中国人相比，感觉日本人的舌头较笨拙，也许是从小没训练的缘故，他们吃鱼，都是先用筷子把鱼刺挑走，然后放嘴里吃，而不是像中国人，一口鱼吃进去，再将鱼刺吐出来。为此我还与人辩论，他们说，哪儿是哪儿啊，明明是你们吃相不文明啊，说什么灵活笨拙的呢，吐进吐出好恶心。呃，我居然被噎得反驳不了。一口闷的习惯日本人还有很多，比如吃寿司，那么大个的手捏寿司，据说不能分两口吃，得一把塞进嘴巴？鼓着嘴吃寿司好看吗？漂亮小姑娘怎么办？

照办！

　　我不服，说，你们日本人这种习惯叫作"瞎子吃馄饨，心里有数"。有一次我带一个日本人去赴上海人家宴，桌上有一盘干煎带鱼，那日本人擤起一块就闷在嘴巴里嚼，全桌人都惊呆，等着看他怎么办，只有我偷偷冷笑，心里明白这家伙上当了，吃进去是不可能张嘴吐骨头了。果然，日本人尴尬地闭嘴嚼这块干煎带鱼，连骨头一起吞咽下去了。至于烤青花鱼的鱼皮，他们都不吃的，好像约定俗成不能改一样，可我就喜欢把鱼皮一起吃掉，炭烤焦香，鱼皮肥腻可口喔。

　　日本著名美食家北大路鲁山人是个有意思的人，他的人生很传奇，是个遗腹子，因家里穷，被转手送来送去些养子。命运多舛，竟然天生一条好舌头，吃什么都能评论几句味好或味差，被养母斥为嘴贱。版画家养父虽然穷但是讲究吃，有几文钱就差9岁的他去买野猪肉烧来吃，美味野猪勾使他发觉自己"舌商"的价值。鲁山人后来的励志路径和大多数青年一样，闯关东到东京去混，首先的理想，吃饱，然后是吃好，"认准一个地方，那就一定要吃到自己的舌头彻底佩服为止"。

就因为有那样执着的吃劲，鲁山人自己钻研料理门道，从当小职员带便当开始，天天翻花样，被同事羡慕，然后向他订便当。小青年想要钱就接单，五份开始渐渐接到几十份，那还上什么班！干脆开食堂——他变成了料理食堂小老板，精益求精把名气做大了。

鲁山人书中说了很多鱼料理的门道，其中我对味噌青花鱼有兴趣。他指示先盐腌鱼五六个小时，另用白味噌，加大量砂糖，用清酒调研成糊，涂在鱼身上。之后用炭火烤来吃，烤的时候必须在鱼身上插铁扦保持鱼身笔挺，要烤透。

我买到十分新鲜的大青花鱼，对剖开，按上述方法腌制，成功复制了比居酒屋最家常的盐烤青花鱼更有风味的烤味噌青花鱼，鱼肉咸中带甜，蒜瓣肉硬度适中，好吃，而且真的一点儿不难。后来我胆子增大，放手腌制挪威三文鱼圆切。进口三文鱼圆切片化冻，把味噌、清酒、白糖调匀后，涂抹鱼身上，腌制一到两天。烤箱预热，锡纸包好鱼，大火烤10～15分钟，再解开锡纸，腾空架子上烤至焦黄色。吃时可滴柠檬汁。甜香扑鼻，简直太好吃了。

我一直很喜欢吃烟熏三文鱼头，在家烟熏太麻烦，试着用红味噌、米酒、白糖、干贝素、盐腌制劈开成四瓣的帝王鲑三文鱼头一天，然后挂在室外吹干。放烤箱200 ℃烤15分钟左右，没有包锡纸，直接腾空双面烤。鱼肉香鲜中有甜，略焦的骨与皮啃啃，完美！

世界食物史上每一种腌制食品都有个来历，起先无非是保存不易，于是用盐腌、风干、蜜渍、浸泡，后来觉得那样很好啊，风味独特，邻居朋友互相传授共享秘方。腌鱼一定也是那样，各种鱼遇上各地方人士，各种原因腌制出各种鱼品，虾有虾路，鱼有鱼道，有由一户一村传播开的，有举省爱好而被定性为地方特产的。比如徽州那味道奇特的臭鳜鱼，传说中有嗜鱼又苛刻的知府，有忍饥挨饿带着鳜鱼返乡探亲的徽商，有勤俭持家不舍得扔掉发臭鳜鱼的善良妻子，有名为小二的聪明狡猾鱼贩子，等等，差点儿就与皇帝扯上关系。传统浙江人口味比较重，鳗鲞、咸鲞鱼、黄鱼鲞、青鱼干、糟鱼都不失为调节餐桌上鱼品种单一的好材料，都可以尝试自己制作，乐趣无穷。

【菜谱】

材料：

青花鱼去头去尾，用中段　1 块
白味噌或红味噌　2 团
砂糖或蜂蜜　2～3 勺
清酒或米酒、料酒　2 大勺
柠檬块　2 块

做法：

鱼块对剖开，吸干水分。把味噌、清酒与砂糖调成糊，抹
在鱼块上，腌制 5～6 个小时后，拿出来揩去味噌残渣，
在风里晾一下。

烤箱预热，锡纸包好鱼块，大火烤 10～20 分钟。再解开
锡纸，鱼块腾空放烤箱架子上，上下火，外皮烤至焦黄色。
吃时可滴柠檬汁。

关键点：

1. 锡纸包鱼块烤是为了让鱼肉先半熟，否则外皮容易吹得
   太干。解开锡纸再烤是为烤上色，使鱼皮与鱼肉焦香。

2. 烤鱼要趁热吃，否则腥味很重。

沟口社长

沟口先生是井荻居酒屋附近一家超级市场专门承包肉类专柜的男人。在日本，注册有株式会社（也就是中国所称的公司），担当法人的都叫社长。沟口先生分割肉类当然不是大不了的事业，但他不是在大庭广众比如小菜场挥刀斩切，他是在进货后根据部位不同，预先把肉切割成一小块一小块，放到盒子里用保鲜膜封好，然后盖上日期、分量、保鲜期限，等等，再摆到超市的冰鲜柜台任顾客挑选。而附近一些饭店每天的货也是由他供应的，包括我们居酒屋，所以沟口白天来，是工作状态，放下东西就走，至多被老板拖住聊几句，喝口水。

我刚到东京出来打工，除了什么也听不懂之外，还什么也不会干，老板娘分配我洗碗。下午 5 点一过，客人稀稀落落地来了，他们看见店里有打工新人，而且是个年轻外国女人，都显得有些异于往常的兴奋。而我，也瞪着眼看他们这些个"东洋镜"中之人，一眼便看到个"熟人"。

作为顾客在井荻居酒屋出现的沟口，俨然一副花花公子的派头，西装笔挺系着领带，新理了发，是那种时髦的烫发，圈圈很细小，烫了以后再剪成平顶，像一只刚刚剪完毛的绵羊。沟口踩着矫健的步伐，挺直背，手里拿着一张专登体育新闻和色情消息的男性报纸。他见我系着"井荻居酒屋"的饭单在忙碌，朝我挤了下眉。沟口坐在吧台前，要了一瓶啤酒一个下酒菜，眯着花眼看我洗碗。

后来我会说些日语，与沟口熟悉一点儿以后他告诉我，头一眼就看出我是个善良好女人，是可以做老婆的那类。我问他，你的老婆是不是好女人呢？他说，当然是，否则不会娶回家。我说，那你为什么不早点儿回家陪她吃饭而要天天下班以后在外面逛呢？"咦！"沟口奇怪了，他说，我还有"爱人"呀。"爱人？爱人不是老婆吗？"我更奇怪了。沟口见我不是装傻，哈哈大笑，叫来幸子老板娘，让她对我教育教育。

因为中文和日文很多字词形同意不同，我已经闹过不少笑话，老板娘有点儿存心拿我当活宝让客人开心，多留他们喝杯酒，便挥挥手让沟口自己跟我解释。沟口果然来了劲，让我拿来纸笔，又是打手势又是写汉字，终于让我明白了日语"爱人"就是情人的意思。"你有情人？"我指着他压低声音问。沟口自豪地点点头："那有什么，日本男人都有情人的！"他见老板娘过来，加大声说，"情人要找性格好的，那些纠缠不清的女人千万不要去沾手，一跟她好就要提和老婆离婚与她结婚那样的事，最讨厌！"

幸子老板娘嘻嘻笑着，很有同感的样子。见我神色混沌，"喏！"沟口摊开带来的那张男人报纸，指着那上面一幅幅淑女的照片说，"你看这多方便，一招就来，没有感情纠缠，花钱买最干净利落。"我仔细一瞧那报纸，每张女孩子照片下都有简短的介绍和电话号码，写"女子大生"的据说就是女大学生，写"自宅出张"的就是可以到她家里去约会，令人不可思议的是，大多数女人刊登的是裸照，注明三围尺寸，写清多少分钟多少钱。"这……这……"天哪我落地日本才几天，是第一次见到这种广告，一时不知说什么才好。沟口把报纸一合，对我说："男人嘛，工作时要努力干，寂寞时该放松就得放松。"

我听不懂日语"寂寞"两个字，再问他什么意思。沟口在纸上写了"淋しい"。我被他吓了一大跳，因为我没好好学过日语，老是一知半解，凭汉字猜个七七八八。我说，那是病啊！沟口说，是啊是社会病。我更害怕了，我想淋病成了日本的社会病那还得了？我"腾"地一下从他身边弹开，"哇哇"叫起来。沟口不明白我为什么反应这样激烈，赶快让我把日中辞典拿出来查，一查之下我才明白日语"淋しい"竟然指的是寂寞！这一下我自己笑得腰也直不起来，轮到沟口先生奇怪得张口结舌了。

居酒屋闲的时候，我跟沟口先生说说夹生日语、打打笔战还没什么，一忙起来，有人就会不高兴，尤其是厨房里打工的上海人。可我觉得我的分内事是洗碗，有洗碗机，脏碗来了用凉水一冲放进机器按下电钮，洗净后拿出来就行，一点儿不需要用脑子，算是店里最低等的活了。手里空着也是空着，与客人聊聊天怎么了。站在厨房望大堂，我好想去明晃晃的餐厅里端盘子，可我不会开菜单，不会用日语招呼客人，老板娘又没空教我，怎么办？我想，多干些活总归不错的，于是就在洗碗的间隙跑出厨房去帮忙端菜、撤盘子，我用脸上堆满的笑容来弥补招呼语的缺失，一待脏碗盘堆积得多了又奔进去洗碗，这样一个人顶两个人，老板娘的脸上有笑容了，便默许我升格为端盘子的。可是上海人很不高兴，他两年前就待在厨房里洗洗切切煮煮烤烤，一直没有机会脱离讨厌的油烟味，而我这个女人日语还不会几句就那么张扬。

此时，店里有客人点了个烤豆腐的菜，听上去日语发音是"阿司阿盖"，我情急之中写不出片假名，想想汉字也差不离吧，便一挥笔写了几个汉字"阿司阿盖"。我很得意，因为记得在鲁迅先生的文章里读到过那道日本菜。

把纸条送进厨房给了上海人吩咐做菜，不料他拿起那张纸怪笑起来："呵呵呵……哈哈哈……阿司阿盖！"他把我写的字给老板看，再给老板娘看，然后一边挥舞菜单一边尖着嗓子用那蹩脚的日语说一遍，又用上海话说一遍："老板叫你不要瞎写八写，老板娘也看不懂，结账怎么结？你写的什么东西？喂！客人要的到底是什么菜？"

我被他问得尴尬万分，涨红了脸半个字也辩解不出。其实他明明知道我指的就是那道烤豆腐，他明明可以帮我掩盖，轻声纠正我，甚至帮着用日文改一下的，可他就是要出我的洋相，你拿他有什么办法呢？干活我倒是不怕苦，可在这么多人面前让我难堪……我的眼泪禁不住夺眶而出，我飞奔到楼下无人处，靠在楼梯的墙壁上大哭起来。

我觉得我哭了很久，却没见一个人来劝我。楼上店堂里忙得热火朝天，杯盏撞击声、跑堂的吆喝声一一刮进我的耳朵，居酒屋没有因为我而停止运转，大家照样开开心心，有的人说不定像打了胜仗一样红光满面呢。想起近日来打工的种种辛酸，我越哭越伤心。

我感觉到身后有人歪歪斜斜地走近，一只大手搭到我的背上："咦，怎么还在哭啊？连句'对不起'都没听到你说，日本女人可不是这样的！"我回头见是沟口，他已经喝得不少，正要去洗手间。这日本鬼子，非但不劝我几句还说那种话，我怒火中烧，用上海话破口骂道："我是中国女人，我蹲了上海好好交比侬神气了！""嘻嘻……"沟口先生可能觉得上海话很滑稽，他半醉不醉地笑了，露出雪白的牙齿，摇头道："中国女人任性，这样任性，没见过。"

可能沟口真的没见过像我这样凶的女人，他笑嘻嘻看我用手背使劲擦红肿的眼睛，从口袋里摸出一块白底蓝条的大手帕，递到我的手里。手帕很干净，散发出类似古龙香水的味道，还带点儿淡淡的烟草味。这一下，你猜怎么着？我又哭了。我想起了小时候，每当我哭的时候，总有爸爸的大手帕安慰我……沟口嘟哝了几句我听不懂的日本话离开了，可能是嫌我太傻吧。

最后的台阶是我自己下的，回到楼上店堂继续送菜，竟也没有人注意到我离开很久，只有沟口先生坐在他的老位子上，时不时朝我挤挤眼，做个"嘤嘤"哭泣的怪相。

夜以继日的打工生活把我搞得人很疲惫。那天老板吩咐我去超市找沟口社长取点儿货。想象当中，社长一定是坐在办公室打打电话开开单子，想不到推开门，竟然看见沟口先生穿短袖白色工作服，头戴白帽子，亲自抄刀在割肉哩。沟口先生的白天和夜里多么不同啊，我惊讶得说不出话来，甚至产生了窥探到别人隐私的歉意，而精神抖擞、伙计模样的沟口先生却仍然笑呵呵的，把东西递给我以后大声鼓励我"加油干！"。

东京的酒吧都是晚上 7 点以后才开的，下班的男人往往先在居酒屋或是中华拉面店吃些饭菜填饱肚子，也是消磨一段时间，然后起身换地方去酒吧喝酒。沟口先生下班早的话总是直奔井荻居酒屋，他的酒量并不好，常常一瓶啤酒以后就会达到神志无知状态，店堂中东瞧西瞧要请人喝酒。那天正值他的巅峰状态时，身边一个熟人也没有，旁边桌上有两个二十来岁打扮时髦的姑娘，她们跪坐在蒲团上用小酒杯喝日本清酒，沟口先生便让我送一盅相同的日本酒过去。看到有人请客，两个姑娘也不奇怪，浅浅地点头算是谢了送酒人。

沟口很高兴，索性好人好事做到底，酒也不喝了，歪着脑袋一心注意两个姑娘啥时候又该添酒了。当我接到沟口的命令送第二盅清酒过去的时候，两个姑娘商量了一下，高挑的那个朝沟口开口道："可不可以不要酒，换一个菜，同样的价格好不好？"

我捂住嘴怕笑出声，沟口听了也感吃惊，随即边笑边摇头道："输给她，输给她！"同时脑子立马清醒了，把喝到一半的酒杯朝前一推，站起来就结账走人。第二天，沟口对我说："切，那种女孩子最糟糕，脸皮这么厚，没有药救了，再漂亮也没有用。"

20世纪90年代初，"工作时拼命工作，玩起来放开玩"这一观念几乎在日本男人脑子里根深蒂固，而嘴上说得很过分，行动却仍保守传统，也几乎是大多数日本中年男人的格调。这个一有空就泡在酒吧，一休息就进赌场，一开口就谈女人的社长，同时就是那个口口声声"男人就是要工作、工作，不想工作的男人不是男人"，永远不会放弃妻子的沟口社长，他的形象，三十年来令我难以忘记。

部长酱汤

味噌汤也叫酱汤，是日本人须臾离不开的国汤。传统日本人早晨吃米饭，配纳豆、咸鱼等小菜，饭前必须先喝一碗汤。什么汤？味噌汤。日本人喝味噌汤成瘾，将之称为舌尖上的乡愁，长大成人后离开家乡，最最想念的就是母亲做的味噌汤味道。依我看，日本味噌汤就像我们上海人喜欢冲泡的紫菜虾皮汤，宁波人爱吃的咸菜豆瓣汤，家常，易做，百吃不厌。

在东京的居酒屋打工三个月后，我观察、总结出一些日本人到居酒屋来吃东西的规律：有几类人，都是什么职业身份，分别点哪几类菜，为什么。据我观察，来居酒屋吃东西，一般都点家里不太容易做的菜，比如油炸的、烧烤的、料理技巧很高的，像味噌汤这种最基本的食物居酒屋客人点得少。那天晚上，倚在吧台前的沟口社长不知哪根神经搭牢，突然想喝味噌汤。

平时大冈老板做味噌汤我看在眼里，先用少许冷水调开一团味噌备用，小锅里放清水，加点儿出汁，丢几块分割生鱼片时留下来的边角料、虾头虾脑，或者海带丝、菌菇、嫩豆腐，滚出味道来，然后倒入稀释后的味噌酱，在即将沸腾时熄火。

那天老板手里活不多，仿佛心情特别好，守着小锅哼歌，见汤滚后，拿出一个鸡蛋敲进锅中，也不搅散，就像我们平时做水潽蛋那样，轻轻晃几下锅底，再加入味噌加热到沸腾前熄火。老板说过，味噌汤千万不能久煮，会破坏发酵风味且越煮越咸。味噌汤必须趁烫喝，如果暂时没见到客人，比如事先准备好的定食料理，要盛入有盖的漆器碗保暖。《日本料理神髓》的作者小山裕久说过一个可以通用于任何食材的定理："美味的顶点只有一瞬间。"用在味噌汤上，大概就在"烫"字上。

汤中撒了几粒香葱，老板吩咐我将这碗"部长酱汤"端去给沟口社长。部长？好大的官，什么意思啊？老板见我疑惑与震惊的表情，哈哈大笑很得意，说，不懂了吧？味噌汤中加个鸡蛋，过去是只有部长才能享受到的高级待遇，奢侈。啊真的！二战日本战败后国家满目疮痍，百废待兴，老百姓都勒紧裤带，日子过得很清苦，富起来也才只有几十年的工夫嘛。再往前数，你去看他们的古迹，那些朴素的庙宇、低矮的宫殿，与中国古代帝王宫殿亭台楼阁那气派完全不能比，再看他们吃的东西，哪有像我们祖先那样穷奢极欲的。当上了部长，能喝到带水潽蛋的味噌汤，太享受了呢。

味噌作为调味品，在日本需求量很大，关东关西口味不同，品种繁多，颜色由淡褐色到红褐色，咸度、甜度、酸味层次丰富。大致是浅色的清淡鲜美一点儿，而深色则浓烈冲鼻一些。有时吃不准什么味道合适，就将浅色与深色味噌混合起来用，就好像中国料理红烧菜，老抽与生抽混合着用，既调色又调味。

家常味噌汤的内容可以百变，日本巧手主妇推荐，素的有菠菜与油豆腐、洋葱与土豆、卷心菜与荷兰豆、萝卜与长葱；海味的有蛤蜊、蟹脚、鱼头、裙带菜；爱吃肉的有鸡肉芜菁、猪肉韭菜；还有菌菇类的种种，灰树花、蟹味菇、绣珍菇……几乎是样样可入味噌汤。

我回国之后，经常有日本朋友来上海看我，知道我爱喝味噌汤，除带来原装味噌酱外，还带来袋装速溶包，像速溶咖啡一样，撕开入碗加开水，一分钟就能喝上滚烫的味噌汤。日本人在食品科技方面的钻研攻关是一流的，二十多年来，速溶味噌汤越做越高级。一年前朋友献宝一样捧来一大盒，说是他这年喝过还原度最高的味噌汤。等他一离开，我马上就泡了一碗，真的像变戏法一样，一小块黄色的松糕状方块，遇沸水后迅速溶化分解，裙带菜、绣珍菇、菠菜、油豆腐一一显形，酱汤色浅褐如昨。仰面喝下，喉头滚过一阵说不上来的舒服，鲜烫直入心脏，让人不得不泪湿眼眶。

【菜谱】

材料（1人份）：

干海带　少许
绣珍菇　5朵
鸡蛋　1只
出汁　1小杯
味噌　鸽蛋大1团
葱花　少许

做法：

味噌用清水调开成浆待用。牛奶锅内放三分之一水，将泡发后的干海带撕成片状，和绣珍菇放入锅中煮开，倒入出汁，鲜味渗出后打入1只鸡蛋，待蛋白凝结，将溶化的味噌浆倒入汤中，等味噌汤即将沸腾之时熄火。撒几粒葱花。

关键点：

1. 汤中加入味噌后，不要让汤再次沸腾，否则煮过头，汤味变咸，味噌酱漰掉，风味尽失。

2. 味噌汤中的内容可以有很多组合，蔬菜与豆制品组合，软的与硬的食材结合，荤的与素的搭配，等等，尽可以自由发挥，找到自己的最爱。

本书作者在日本

1990～1992年，纪念人生中的一段时光。

图书在版编目(CIP)数据

井获居酒屋／孔明珠著. —桂林:广西师范大学出版社,
2022.2
ISBN 978 - 7 - 5598 - 4454 - 5

Ⅰ. ①井… Ⅱ. ①孔… Ⅲ. ①故事－作品集－中国－
当代 Ⅳ. ①I247.81

中国版本图书馆 CIP 数据核字(2021)第 233024 号

井获居酒屋
JINGDI JUJIUWU

本书中部分照片为旅人(日)摄影。

出 品 人:刘广汉　　　　　策划编辑:尹晓冬
责任编辑:刘孝霞　　　　　执行编辑:宋书晔
营销编辑:姚春苗　　　　　装帧设计、插图:金　泉

广西师范大学出版社出版发行

（广西桂林市五里店路9号　　　邮政编码:541004）
（网址:http://www.bbtpress.com　　　　　　　　　　）
出版人:黄轩庄
全国新华书店经销
销售热线: 021 - 65200318　021 - 31260822 - 898
上海丽佳制版印刷有限公司印刷
(上海市桂平路471号10号楼3层　邮政编码:200233)
开本:787mm × 1 092mm　1/32
印张:6.25　　　　　字数:82 千字
2022 年 2 月第 1 版　　2022 年 2 月第 1 次印刷
定价:68.00 元